UNA CAJA DE ZAPATOS VACÍA

COLECCIÓN TEATRO

EDICIONES UNIVERSAL. Miami, Florida, 1986

VIRGILIO PIÑERA

UNA CAJA DE ZAPATOS VACIA

EDICIÓN CRÍTICA DE
LUIS F. GONZÁLEZ-CRUZ

P. O. Box 450353 (Shenandoah Station)
Miami, Florida, 33145., U.S.A.

Library of Congress Catalog Card No.: 86-80352

I.S.B.N.: 0-89729-390-8

Diseño de la portada por Juan Abreu

Dibujo de la portada por Carlos Alfonso

Depósito Legal: B-26353 - 1986

Printed in Spain *Impreso en España*

Impreso en los Talleres de Artes Gráficas
de Editorial Vosgos, S. A. Avda. Verge de Montserrat, 8.
08024 - Barcelona (España)

I. ORIGEN DE *UNA CAJA DE ZAPATOS VACIA*

En 1967 escribíamos sobre la narrativa cubana del siglo veinte. A medida que progresaba nuestro estudio nos dábamos cuenta de que lo referente a Virgilio Piñera ocupaba, desproporcionadamente, demasiadas páginas, en relación con lo que íbamos comentando sobre otros autores. Comprendimos la necesidad de limitarnos en aquel estudio a ciertos rasgos esenciales y que la obra de Piñera requería estudios independientes, por su importancia en las letras cubanas de este siglo. Fue por aquellos días cuando nos pusimos en contacto con Virgilio, por correspondencia y a través de una amiga profesora estadounidense que viajaba a Cuba, para enterarnos de lo que el escritor cubano preparaba para publicar. Como resultado de aquellos contactos, algún tiempo después, nos llegaron varias cosas recién escritas y aún inéditas, o recién publicadas. Entre ellas estaba *Una caja de zapatos vacía*. Por ese carácter inédito de la pieza, nos abstuvimos de comentarla en nuestro estudio sobre su teatro aparecido en la revista *Mester* en 1974. El interés por la obra de Piñera, que ha ido en aumento durante los pasados años, nos obliga ahora a dar a conocer esta pieza que reúne, como buen compendio, muchos de los temas que obsesionaron a Virgilio y que afloraron en su literatura.

El retraso con que aparece esta obra dramática, en vez de restarle valor, lo acrecienta. Y es que, hasta ahora, la última pieza de

Piñera, esencialmente distinta a las demás en cuanto a su formato y por lo tanto única dentro de toda su producción, era *Dos viejos pánicos*, premiada y publicada en 1968. Al comparar ahora aquella obra con *Una caja de zapatos vacía* se verá que no existe gran distancia entre ellas y que el formato de ambas —un juego en que se trata de exorcizar el miedo de sufrir o de morir— es muy semejante.

Queremos dejar constancia aquí de nuestro agradecimiento a Humberto Piñera, quien tan amablemente ha autorizado la presente edición y a Ediciones Universal por la calurosa acogida que ha dado a este proyecto.

LUIS F. GONZÁLEZ-CRUZ

II. TRAYECTORIA INTELECTUAL DE VIRGILIO PIÑERA

Virgilio Piñera nació en Cárdenas, Cuba, el 4 de agosto de 1912. Su padre, Juan Manuel Piñera, fue ingeniero de ferrocarriles, y su madre, María Cristina Llera, maestra. La familia vivió en la ciudad de Camagüey desde 1924 hasta 1940; allí cursó el escritor sus estudios de bachillerato. De 1937 a 1941 asistió a la Facultad de Filosofía y Letras de la Universidad de La Habana. Como parte de los requisitos de la Universidad, Piñera escribió su tesis doctoral sobre la poesía de Gertrudis Gómez de Avellaneda, la cual, según la opinión de varios escritores que en aquel momento la leyeron, era un extraordinario estudio crítico. Humberto Piñera, su hermano, profesor y escritor de nota que actualmente reside en Coral Gables, Florida, cuenta cuál fue su sorpresa cuando Virgilio le dijo que no defendería la tesis puesto que no iba a permitir que lo examinara *un montón de burros*. Este marcado individualismo, esta rebeldía (o excentricidad), se convertirían, al pasar de los años, en rasgos dominantes de la personalidad de Piñera. Manuel Bisbé, el político y poeta cubano, le ofreció a Virgilio una cátedra en un instituto de segunda enseñanza si defendía la tesis y recibía su diploma. Piñera rechazó la oferta. Con esto se sentenciaba a una vida de inestabilidad económica, sin empleos fijos. Siempre flaco, a veces demasiado pobre, su propia problemática fue el modelo que usó para moldear a muchos de sus personajes de ficción, ya que

Piñera pocas veces pudo divorciar su obra creadora de sus conflictos personales. A menudo dependía de la caridad de familiares o amigos para poder sobrevivir.

Durante los inciertos días de su juventud se inició su asociación con el grupo de la revista *Orígenes* que dirigía José Lezama Lima. En 1941 publicó su primer libro, *Las furias,* una colección de poemas; en aquel momento ya había escrito dos piezas de teatro, *Clamor en el penal* y *En esa helada zona,* ambas inéditas hasta el día de hoy y, que sepamos, nunca representadas. *La isla en peso,* un largo poema, se publicó en 1943, y ese mismo año terminó *Electra Garrigó,* una de sus piezas más exitosas. En 1944 apareció *Poesía y prosa,* un cuaderno que reunía, junto a varios poemas, sus primeros cuentos. En 1948 dio los últimos toques a otras dos obras dramáticas, *Jesús* y *Falsa alarma.* Piñera, frustrado por la casi-parálisis literaria del país en aquellos días, decidió marcharse a la Argentina en 1950; en 1953 Ediciones Siglo Veinte de Buenos Aires publicó su primera novela, *La carne de René.* En 1954 volvió a Cuba por un período de aproximadamente un año, tras el cual regresó a Buenos Aires; a partir de esa breve estancia cubana ocupó el cargo de Secretario de la revista literaria *Ciclón,* fundada por su viejo amigo y ocasional mecenas, el crítico José Rodríguez Feo. En 1956, la Editorial Losada publicó en Buenos Aires sus *Cuentos fríos,* una de las obras más importantes de Piñera, la cual ha merecido el encomio de los más exigentes lectores y críticos, entre ellos Jorge Luis Borges. A fines de ese año Virgilio regresó a Cuba, donde pasó el resto de su vida.

Durante el período revolucionario que se inició en 1959, Piñera trabajó en el diario *Revolución* y dirigió durante varios años las *Ediciones Erre.* Su entusiasmo revolucionario de los primeros tiempos queda documentado en el prólogo que escribió a su *Teatro completo,* publicado en 1960. En 1961, dos hechos íntimamente ligados a la Revolución afectaron profundamente al escritor. El primero fue su arresto en Guanabo, cerca de La Habana, por razones político-moralizantes; hasta el día de hoy no se ha sabido quién ordenó su detención. El segundo hecho no sólo determinó su futuro, sino el de todos los escritores cubanos. En sus conocidas «Palabras a los intelectuales», Castro advirtió a los escritores y artistas: «Dentro de la Revolución, todo; contra la Revolución, nada.» Según este dictamen, en realidad, aquello que no fuera *parte* de la Revolución habría de considerarse, inevitablemente, *contra* ella. La literatura que quedara, pues, *fuera* de la Revolución, estaba ya proscrita de antemano. En el pesado silencio del recinto de la Biblioteca Nacional, donde los escritores habían sido convocados por el gobierno, después de emitir Castro su juicio y pedir a los presentes que expresaran libremente sus ideas, Piñera, según se cuenta, se levantó y dijo: «Yo tengo miedo. Tengo mucho miedo», y se volvió a sentar. (Ese miedo no era del todo infundado, pues Piñera caería en definitiva desgracia con el régimen durante la década de los setenta.) Este comentario, de cualquier modo, apunta a una debilidad propia que el escritor ha sabido explotar literariamente con gran provecho. Así, su primer personaje novelesco, René, es un ser perturbado por el «miedo de sufrir». Los personajes dramáticos de *Dos viejos pánicos*, la obra premiada por La Casa de las Américas en 1968, tienen miedo a morir. Tanto es el pavor de estos últimos, que juegan a morirse para exorcizar el terror (en *UNA CAJA DE ZAPATOS VACIA*, como veremos, ocurre algo semejante). Ahora bien, después de los hechos arriba mencionados, Piñera vivió ya en un miedo perpetuo que, paradójicamente, tal vez le sirvió de acicate, pues entre 1961 y 1970 escribió un buen número de obras nuevas, aparte de su labor de crítica literaria y de las traducciones que hizo, por encargo, de varios escritores de renombre.

Además de la referida *Dos viejos pánicos*, publicó *Pequeñas maniobras*, novela, en 1963, *Cuentos*, en 1964, *Presiones y diamantes*, otra novela, en 1967, y la pieza breve *Estudio en blanco y negro*, que apareció en la antología *Teatro Breve Hispanoamericano*, en España, en 1970. A su muerte, el 19 de octubre de 1979, de un repentino fallo cardíaco, había completado varias obras más. Su apartamento de La Habana fue sellado por las autoridades cubanas y el destino de su obra inédita es algo incierto. Sabemos que había re-escrito

La carne de René y que tenía algunas piezas teatrales listas; entre ellas *El no, La niñita querida, Siempre se olvida algo,* y otras. También tenía un buen número de poemas inéditos. En poder de su hermano ha quedado el manuscrito de una obra dramática titulada *Un arropamiento sartorial en la caverna platónica,* en verso. Parece que Piñera entregó, en varias ocasiones, textos inéditos a un amigo que hoy día los guarda en Francia. *UNA CAJA DE ZAPATOS VACIA* llegó a nuestras manos en 1968.

La obra de Piñera es extremadamente coherente si se tiene en cuenta que desde sus primeros poemas hasta su última pieza publicada hay una marcada regularidad de estilo y motivos literarios. Su tema central es el de la vida vista como una sucesión de golpes terribles; el escritor sugiere que, en su viaje por la tierra, el ser humano nunca asciende a una forma superior de existencia, sino que desciende a los más desolados arrabales de la miseria y el dolor. En la obra de Piñera el individuo, puesto a escoger, se decide casi siempre, al parecer guiado por un impulso suicida que es en realidad salvador a su manera, por el modo de vida inferior. La enajenación, la degradación y el ostracismo de los personajes de Piñera son, por lo general, volitivos, y reflejan un importante aspecto de la personalidad del escritor. Cuando Piñera se desentiende, temáticamente, de sus propios problemas, crea entonces una literatura que se podría clasificar de absurda o de fantástica, y en la cual nunca falta una buena dosis de sarcasmo y humor negro. Sólo en dos ocasiones produjo obras más «moderadas»; sus piezas *Electra Garrigó,* basada en el mito griego, y *Aire frío,* retrato más o menos realista de la vida de su familia.

Su estilo, en todos los géneros literarios que practicó, está desprovisto de barroquismo. Aborrecía los amaneramientos de estilo. Aun su poesía era conversacional y sorpresivamente simplista tanto en cuanto a lenguaje como a estructura. Quizá este modo expresivo encontró su medio perfecto en el teatro. Sus cuentos son siempre poderosos, porque Piñera tenía una imaginación privilegiada y, en las pocas páginas que necesitaba para completar un relato, perfeccionaba y pulía su sencillo estilo y lo ponía al servicio del desarrollo del argumento, su exclusiva prioridad. No le interesaban las virtudes estilísticas. Su técnica, sin embargo, no funcionaba con la misma efectividad en sus narraciones más extensas. *La carne de René,* aunque altamente imaginativa, está escrita algo torpemente y tiene repeticiones que podrían resultar tediosas a un lector común. Quizá a esto se debiera que muchos años después de publicado, Piñera volviera su atención a aquel texto. Esta «falta», de cualquier modo, mejoró en las novelas que siguieron. Sin embargo, las novelas de madurez son dignas de alabanza más por sus cualidades temáticas y por el curioso tratamiento del absurdo que por su estilo narrativo.

La carne de René es una temprana suma de lo más típico de la narrativa de Piñera. René es el hijo de Ramón, el líder de una conspiración mundial que pretende derrocar al presente jefe de cierto país. La causa por la cual la gente de Ramón pelea es el derecho de tomar o comer chocolate. Para que René pueda continuar la lucha de su padre, tiene que dedicarse al culto de su propia carne, pero, paradójicamente, para esto tiene que someter su cuerpo a interminables torturas. Tiene que entrenar su cuerpo en el arte del sufrimiento. René rechaza el papel que se le ha asignado, se niega a sufrir en silencio y a continuar luchando por una causa en la cual no cree y que considera irracional. Verdadero anti-líder de la causa de la carne (o la causa del chocolate, pues todo es lo mismo), detesta cuanto se relacione con el cuerpo, aun el posible contacto sexual con la señora Pérez, la vecina que encuentra la carne de René (a sus veinte años) suculentamente apetitosa. René, en contra de los deseos de su padre, sólo quiere conservar su carne intacta. En la batalla política, Ramón es asesinado y René tiene que ocupar su cargo. Al principio se esconde para evitar asumir las responsabilidades que ahora son suyas, pero finalmente acepta el papel y el lector puede concluir que su vida estará dedicada al constante martirio de su cuerpo hasta que llegue la hora del sacrificio final. La novela nos recuerda, en su tratamiento del absurdo, *El proceso* de Kafka. El absurdo de Piñera, tanto aquí como en muchas de sus otras obras, es de una lógica implacable (lógica del despropósito, pero lógica a fin de cuentas). Una vez que la ficción ha sido convenientemente establecida por el narrador, éste lleva al lector por un mundo que no es otra cosa que la realidad vista a través de la irrealidad inventada. Conceptualmente podemos ver una clara alegoría en esta novela. Las persecuciones que sufre René y que vienen a distraerlo de sus planes de una vida común —quiere ser «normal», recibir una educación, conseguir un trabajo, en vez de ser «el escogido»— son como esos incidentes inesperados de la vida que tienen un efecto destructivo en todos nosotros. Piñera parece decir que la vida es un «valle de lágrimas» y que quien trate de escapar de los dolores tendrá que pagar con su propia *carne.* Por otra parte, el culto de la carne se opone a la libertad del espíritu humano. El espíritu del hombre no tiene, según Piñera, salvación posible: es la carne la que rige el mundo y lo más que podemos hacer es ir acostumbrando al cuerpo a la última abrogación, la destrucción definitiva, cuyo oscuro propósito es el de complacer a un dios tan absurdo como el pedazo de chocolate por el cual combaten los personajes de la novela.

En *Pequeñas maniobras* el protagonista se esconde, no de un grupo o partido político determinado, sino de sus propios amigos que quieren que lleve una vida más activa para que pueda salir adelante. Para escapar de sus perseguidores, cambia constantemente de casa y de trabajo. Cada ocupación es más humillante que la anterior. Termina ganando el dinero justo para comer, empleado por una sociedad de espiritistas. *Presiones y diamantes* muestra una sociedad donde los bienes materiales pierden su valor, y conspiraciones secretas organizadas por un gobierno misterioso comienzan a regir las vidas de todos, excepto la del rebelde protagonista. En este clima de represión —o más bien de «presiones» impuestas por el *Presionador*— la gente deja de hablarse y aun llega a esconderse para evitar a los otros. El deseo de aislarse es tal que muchos comienzan a someterse a un nuevo sistema temporal de congelamiento: la muerte en vida que permite librarse de las «presiones» sin tener que recurrir al suicidio. Al final, todos los habitantes de la ciudad desaparecen sin que los científicos de otros países logren descubrir qué es lo que realmente ocurrió. Como en las dos novelas anteriores de Piñera, el hombre es invariablemente perseguido por fuerzas cuyo origen ignora, pero que de algún modo logran dominar su vida. Aun cuando al principio no se deje intimidar, cae al fin en la trampa porque todos los que lo rodean son parte de una conspiración que termina por envolverlo, haga lo que haga, escóndase donde se esconda. El protagonista no puede luchar por sí solo contra el resto del mundo: su destino es, pues, sucumbir eventualmente como todos los demás.

Los relatos de Piñera siguen las mismas directrices. El común denominador a todos ellos es un marcado escepticismo que toma la forma de una perversa ingenuidad y una sonriente ironía; las exageraciones macabras impresionan al lector más por lo que tienen de ridículo que por lo que tienen de terrible. Se puede pensar, en las artes plásticas, en el efecto similar que producen los esqueletos juguetones del pintor mexicano José Guadalupe Posada. Los elementos del absurdo que caracterizan las novelas de Piñera están también presentes en la mayoría de sus cuentos: en ellos, de nuevo, una vez que se ha establecido la absurda situación, el relato lleva al lector a la especulación metafísica. El tono que prevalece —como ocurre en muchas obras de Ionesco o Beckett— es el de una ineluctable fatalidad.

La muerte como fenómeno, o la existencia de una vida ultraterrena son tratadas por Piñera, como es de esperarse, de modo muy singular. En su cuento «En el insomnio», un hombre que no puede dormir, después de probar todos los remedios posibles que están a su alcance, termina por levantarse la tapa de los sesos con un revólver. Piñera concluye que el hombre está muerto pero que no ha podido quedarse dormido y que el insomnio es una cosa muy persistente. El insomnio debe verse como símbolo del sufrimiento inherente a la condición humana. «El infierno» revela esa rara cualidad del escritor de no ambicionar un *modus vivendi* más próspero. Para Piñera, el hombre es un ser capaz de adaptarse a los mayores sufrimientos, incluyendo el dolor físico. Después de una larga estadía en el infierno (el cuento es narrado por un *yo* colectivo mediante el uso de la primera persona del plural), llega el día cuando podemos abandonarlo, pero rechazamos la oferta pues no es posible abandonar una «querida costumbre». Es también revelador del pensamiento de Piñera el hecho de que para él la eternidad es concebida no como un posible cielo, sino como un inevitable infierno. Muchos son los cuentos donde el «humor negro» abunda en mutilaciones, ojos desprendidos, lenguas cortadas y *disjecta membra* en general. Baste mencionar, entre otros, «Las partes», «La carne», «La caída», «El cambio». «Cómo viví y cómo morí», la historia —de nuevo— de un hombre que tiene miedo a los contactos con el resto del mundo y termina encerrándose en un cuarto lleno de cucarachas, es el embrión de su novela *Pequeñas maniobras*. El relato recuerda «La metamorfosis» de Kafka, ya que al final, cuando las autoridades irrumpen en el cuarto, encuentran una cucaracha gigantesca, «la cucaracha más grande sobre la faz de la tierra». La circunstancia social, la imposibilidad de ganarse la vida como escritor independiente (independiente de políticas y mercantilismo), sin duda constituyen fuerzas determinantes del arte de Piñera. El artista, el escritor dispuesto a hacer su obra en un medio de acusada indigencia intelectual y espiritual, terminará por sentirse «cucaracha», como el personaje de este cuento u otros de Piñera. La visión del autor, pesimista, desengañada, que muestra detrás de cada cosa, de cada gesto, de cada institución, el vacío, debe seguramente tanto a aquella sociedad indiferente y hedonista en que se formó como a cierta natural tendencia a tomar distancia, a poner las cosas en su punto, a analizar y auto-analizarse.

Su producción dramática es típico «teatro del absurdo», excepto por las mencionadas *Electra Garrigó* y, en cierto modo, *Aire frío*. Pero Piñera no fue un imitador. En *Jesús*, el autor se nos muestra como un talentoso dramaturgo, independiente de escuelas literarias o influencias precisas. La pieza fue escrita muchos años antes de que el teatro de Ionesco se conociera en Cuba. Lo mismo se puede decir de *Falsa alarma*. No ha de sorprender que cuando Piñera descubrió a Ionesco y reconoció las semejanzas entre sus estilos, no pudo menos que seguir los pasos de su «doble» europeo, según declaró el cubano en la revista *Conjunto* en 1971. Jesús, un barbero, hijo de María y José, es tomado por un nuevo Mesías que puede hacer milagros. En su deseo de aclarar las cosas, Jesús asume el papel del «anti-Mesías» —imitando al verdadero Jesús, lo pone en ridículo, cambiando burlonamente las frases evangélicas o la naturaleza de los hechos que se narran en el sagrado libro—; en lugar de resucitar a un Lázaro, por ejemplo, en una ocasión en que Jesús ve un perro muerto, dice: «Este perro está muerto, y muerto se quedará.» Cuando alguien le pega una bofetada, él la devuelve, porque en su situación sería imposible ofrecer como Cristo la otra mejilla. Durante la «Ultima Cena», antes de ser asesinado, Jesús brinda por «la muerte eterna». *Falsa alarma* presenta a un homicida, un juez y la viuda del hombre a quien el primero ha asesinado. La absurda conversación del juez y la viuda ocupa casi toda la pieza. Al final los dos se marchan y el criminal queda en escena, en suspenso, con el peso en su conciencia de tener que decidir por su cuenta si es culpable o no. El telón cae mientras el asesino, conducido a la locura por la enajenación de los otros dos personajes, baila al compás del «Danubio azul».

La boda es la historia de una pareja próxima a casarse que rompe su compromiso cuando la joven oye al novio decirle a un amigo que ella tiene los senos caídos. La pieza toda es una divertida reconstrucción de los hechos. El defecto de Flora da pie a los diálogos más atrevidos. *El flaco y el gordo* ocurre en el cuarto de un hospital, donde un flaco, pobre y oprimido por un gordo rico, para vengarse de las torturas a que este último lo somete, se lo come y se convierte, al hacerlo, en un nuevo gordo. El flaco convertido en gordo ocupa la cama del gordo a quien se ha comido. Al quedar la cama del flaco vacía, traen a un nuevo flaco al cuarto, con lo que podemos ver recomenzar el ciclo. *El filántropo* continúa el tema de la opresión del débil por el poderoso. Coco, el protagonista, un consumado misántropo, se divierte contratando a gente que haga los oficios más degradantes, desde escribir cientos de veces frases sin sentido hasta hacerlos ponerse en cuatro patas y ladrar como perros.

Aire frío es la pieza más racional de Piñera. En ella vemos a la familia Romaguera —padre, madre, hija y dos hijos— en diferentes períodos de la historia cubana contemporánea. El deseo de Luz Marina, la hija, de tener un ventilador eléctrico es el *leitmotiv* que concatena las diferentes escenas. La familia nunca resuelve la crisis económica. Oscar, como hizo Piñera, se va a la Argentina. Al final, Enrique, el hermano mayor, quien ha triunfado económicamente, regala a la familia un ventilador de uso que ya no necesita. El «aire frío» —el «aire acondicionado»— es símbolo de esas cosas a las que los Romaguera no pueden ni siquiera aspirar. Lo único que consiguen en el sofocante calor tropical es el «aire tibio» que ahora circula en la habitación gracias a un ventilador de uso que se les ha dado por caridad.

Estudio en blanco y negro es un breve diálogo en que dos hombres en un parque discuten, indicando su preferencia por el color blanco o el negro. Una joven pareja que está cerca, pronto se ve envuelta en la discusión y llega a estar a punto de romper su compromiso. Finalmente entra en escena un personaje, tan desvariado como los otros cuatro, gritando la palabra *amarillo.* El absurdo es aquí el rasgo dominante: *blanco, negro* o *amarillo* son, por su naturaleza, idénticos a la «causa del chocolate» (*La carne de René*) por la cual luchan y se matan los hombres.

UNA CAJA DE ZAPATOS VACIA es un constante juego, en el cual se representa un ritual en tres partes: La tortura, la interrogación y la inmolación. En el primer acto, Carlos patea una insignificante e indefensa caja de zapatos vacía. Después interroga a Berta, por no poder interpelar a la inanimada caja, para terminar aplastando a esta última a manera de ejecución.

El juego no es un mero pasatiempo, sino el modo de adiestrarse en los manejos de la crueldad que a Carlos, en el segundo acto (encarnando entonces a la caja de cartón), le tocará sufrir. Porque Carlos, quien era torturador, inquisidor, jefe tiránico y ejecutor de la caja, se convertirá después en la víctima que tendrá que soportar las patadas de un nuevo jefe, Angelito, personificación del tirano opresor en el segundo acto. (Los personajes que en *El flaco y el gordo* eran meros símbolos del débil políticamente oprimido que se rebelaba contra el déspota para ocupar luego su lugar, se dibujan en *Una caja de zapatos vacía* de modo mucho más realista.) Pero el segundo acto es parte también del artificio, del juego, hasta casi el final de la pieza, cuando los resortes que hasta entonces han manejado los personajes para controlar las reglas del juego, comienzan a fallar y aquellos parecen caer en manos de fuerzas sobrenaturales que ahora determinan el destino.

Las patadas y las vejaciones de que Carlos es objeto tienen el propósito de irlo acostumbrando al sufrimiento y las torturas que tarde o temprano le habrán de llegar realmente en la sociedad tiranizada donde vive. Bien mirado, lo que presenta toda la obra de Piñera, entre muertes, mutilaciones, sufrimiento y ostracismo, es la insistente reafirmación de la vida propia. Aquí, como en *Dos viejos pánicos*, los juegos de la muerte tienen el único propósito de ahuyentarla, de reducirla a una circunstancia casual que no asuste cuando irremisiblemente llegue. Virgilio trata de revisar todas las posibilidades dolorosas en las mentes de sus personajes para que el sufrimiento de vivir y el final de la vida, ya ensayados mil veces, no sorprendan. Es lo mismo, por usar un ejemplo concreto de uno de los maestros de Piñera, que hace Jaromir Hladík en «El milagro secreto» de Borges, quien antes de la ejecución, moría mentalmente centenares de muertes e inventaba las cosas para que no sucedieran. El final de *Una caja de zapatos vacía* es muy diferente a todos los otros de Piñera. En la pieza, el Coro, que obedece siempre al más fuerte, al jefe, mediante una inesperada *peripeteia*, ignora los mandatos de Angelito y aclama a Carlos, quien, después de morir simbólicamente a manos de aquel, ha renacido por entre las piernas de Berta. Carlos, al final, enarbola una camisa roja, símbolo del triunfo de los débiles sobre los fuertes. Sin embargo, ha ganado la libertad (o el poder) sin haber superado su cobardía. El lector o espectador que no esté atento a los abundantes comentarios filosófico-morales del segundo acto, no podrá comprender bien por qué los dioses (representados aquí por el Coro), tomando partido, favorecen a Carlos sin que éste por su propio esfuerzo

2

haya podido vencer el miedo que lo domina. La pieza parecería, pues, tener un final arbitrario o injustificado, si no se tuviera en cuenta que el renacer de Carlos, su empeño en imponerse y en vencer a la muerte, es un glorioso acto de locura:

ANGELITO: De modo que además de muerto, está loco. Habrá que enviarlo al hospital de dementes del infierno.

BERTA: Si está loco puede hacer algo. El único modo de hacer las cosas en grande es enloqueciendo.

Sólo así el exorcismo funciona. Enajenado, el hombre se lanza sin temor a la batalla por su libertad, o por lo que sea. Cierto es que puede ser aniquilado, pero tiene al menos la posibilidad de conseguir la victoria, que de no luchar, nunca sería suya. Carlos, como «el flaco» que en *El flaco y el gordo* lucha por alcanzar una vida mejor, en un ataque de locura se rebela y triunfa, y el triunfo aquí es lo que importa, no los medios que conducen a él. Con esta nota positiva se cierra, por hoy, la riquísima obra de Virgilio Piñera.

Es imprescindible notar que *Dos viejos pánicos, Estudio en blanco y negro* y *Una caja de zapatos vacía,* todas escritas después del comienzo de la Revolución cubana, continúan la línea absurdista. La Revolución no cambió ni los temas básicos ni el sentido más profundo de la obra de Piñera. Es obvio que su mensaje no podía ser de interés al nuevo régimen cubano, por sus implicaciones políticas y porque los objetivos centrales del escritor no estaban encaminados claramente a atacar la antigua realidad de la isla ni a propugnar la «redención» del hombre, según había solicitado Castro de los escritores cubanos en sus «Palabras a los intelectuales» en 1961. Hasta el presente, ninguna otra obra de Piñera se ha publicado en Cuba desde 1969, aunque parece posible que el largo silencio se rompa allí con la edición de ciertos materiales escogidos, tal vez inéditos. Sin embargo, fuera de Cuba, la importancia de la obra de Virgilio Piñera ha ido en aumento. Las repercusiones de su producción han sido profundamente sentidas por muchos de los dramaturgos y cuentistas cubanos de las generaciones más jóvenes. Sin duda, la obra de Piñera ha creado una «escuela» que muchos de los escritores cubanos actuales todavía no han podido del todo abandonar.

LUIS F. GONZÁLEZ-CRUZ, 1986

III. *UNA CAJA DE ZAPATOS VACIA*

PERSONAJES (por orden de aparición)

CARLOS

BERTA

ANGELITO

EL CORO

LOS MUERTOS DE ANGELITO

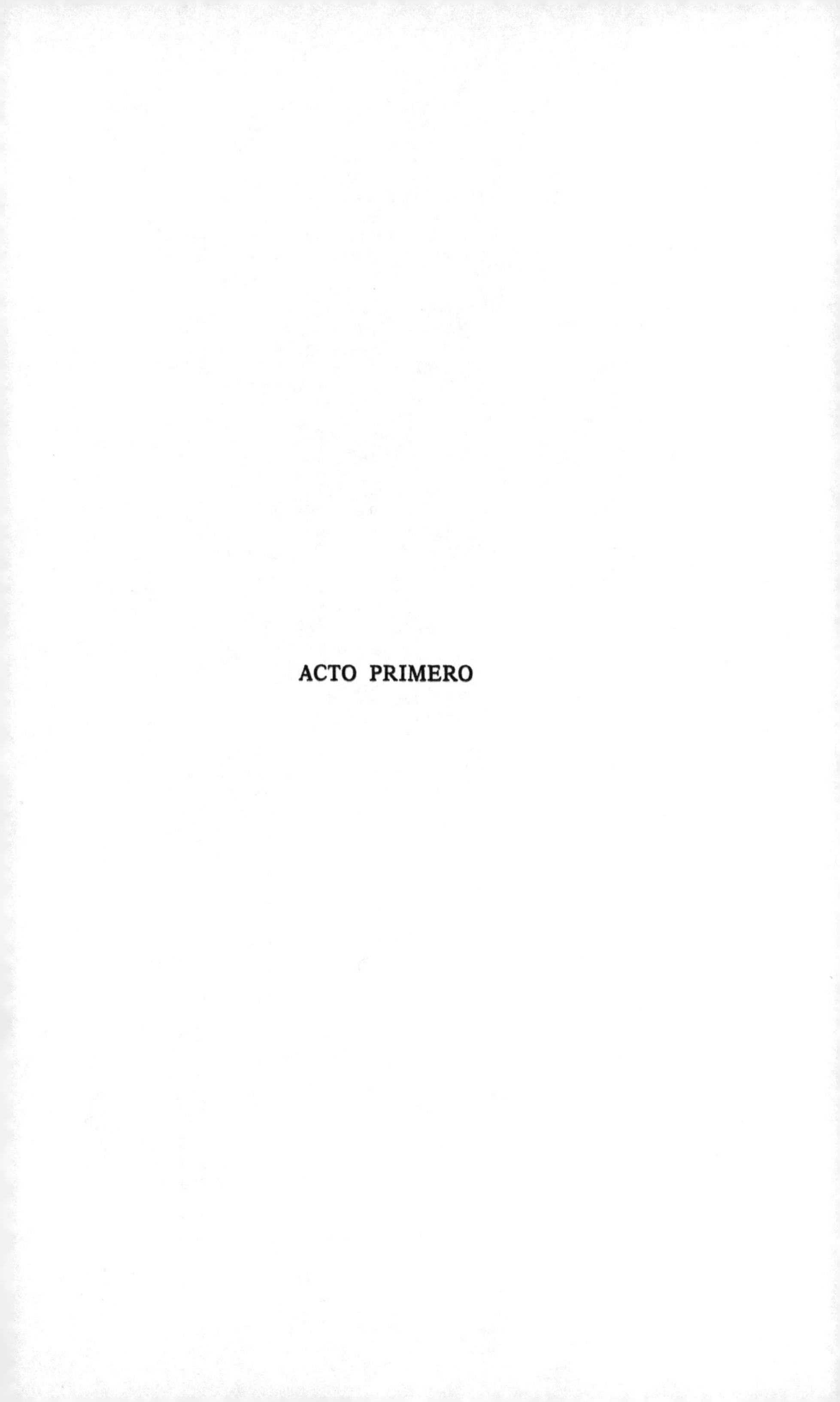

ACTO PRIMERO

En el fondo del escenario, arrinconados, un sofá-cama, cuatro sillas (unas sobre otras) y una alfombra enrollada. A medio metro de distancia de estos muebles, una caja de cartón, sin tapa, de unos veinte centímetros de largo, está puesta boca arriba.

CARLOS: *(En blue-jin, camisa roja y plantilla de medias, está sentado en el sofá-cama. Con un pañuelo se enjuga el sudor de la cara, del cuello y de los brazos. Jadea. Deja el pañuelo sobre el sofá, se echa hacia atrás y sube las piernas. Se frota los pies con ambas manos. Deja de tocárselos. Se los mira.)* Otra vez... *(Alzando la voz.)* Sí, otra vez. *(Se apoya en las manos y da un salto)* ¡Jup! *(Se frota las manos.)* Hoy me levanté con el pie derecho... *(Se coloca detrás de la caja.)* ¡Vamos a ver, vamos a ver! *(Respira hondo, se para en la pierna izquierda, echa la derecha hacia atrás todo lo más que puede.)* ¡A la una, a las dos, a las tres! *(Le pega una fuerte patada a la caja.)* ¡Ja, ja! Buena patada. *(Corre hasta llegar al sitio en que ha caído la caja.)* ¿No te gustó? Contesta: ¿no te gustó? *(Se agacha, pone el oído en la caja.)* ¿Cómo dices? ¿Que no te gustó? *(Pausa. Se incorpora.)* Pues a mí sí. Y oye: me seguirá gustando. *(Pausa. De nuevo se agacha.)* ¿Que si voy a darte otra patada? ¡Pues claro que te daré una y mil más! *(Se incorpora, se para en la pierna izquierda, echa hacia atrás la derecha, pero poca cosa.)* Esta vez te pateo suavecito... suavecito... *(Le da una patada suave.)* Así, así... No me digas que te duele. Casi ni te toco. *(Le da un puntapié más suave, ahora en dirección al proscenio.)* No puedes quejarte. Te estoy pegando suave, sedoso, acolchado... *(Le patea un poco más fuerte.)* Perdona, se me fue la pata. *(Llega junto a la caja.)* ¿Y ahora? ¡Ja, ja! ¿Y ahora? Puedo hacerte volar por los aires. ¡Figúrate dónde caerías! *(Patea con ambos pies la caja a todo lo largo del proscenio.)* ¿Dónde, dónde, dónde, dónde...? *(Cuando llega al extremo del proscenio, se detiene. Crisis de nervios. Se da trompadas en el pecho. Grita.)* ¿Dónde, dónde, dónde, dóndeee...?

BERTA: *(Que ha entrado por el fondo en el momento en que Carlos decía:* «¿No te gustó?»*, está sentada en el sofá-cama limándose las uñas. En bermudas y pullover blanco.)* ¿Qué dan hoy en el cine?

CARLOS: *(Se da vuelta.)* Ni lo sé ni me interesa. *(Pausa. Camina lentamente hacia Berta.)* ¿Viste?

BERTA: *(Sin dejar de limarse las uñas y sin mirar a Carlos.)* ¿Qué?

CARLOS: *(Llegando junto a Berta.)* Lo que acabas de ver.

BERTA: *(Lo mismo.)* Si eso te gusta...

CARLOS: Bueno, me gusta. ¿Alguna objeción?

BERTA: *(Lo mira.)* Pues nada, que te gusta.

CARLOS: *(Coge el pañuelo, se lo pasa por la frente.)* ¿Y a ti te gusta?

BERTA: Me gusta más ir al cine. Por eso te preguntaba...

CARLOS: *(La interrumpe.)* Deja el cine, ¡eh!, te lo suplico, déjalo. *(Se va alterando.)* Deja esa mierda. *(Le arrebata la lima, la tira.)* Y el esmalte para tus uñitas, y el champú para tu cabecita, y la pintura de labios para tu boquita... *(Pausa.)* Y yo no quiero, ¿me oyes?, no quiero hablar de eso sino de esto. Esto es lo que me interesa, no lo otro o lo de más allá...

BERTA: *(Sin alterarse.)* ¿Se puede saber lo que es tu Esto?

CARLOS: *(Corre, coge la caja. Mientras vuelve junto a Berta.)* Esto es esta caja, esta caja de cartón, de color blanco, de unos veinte centímetros de largo. Una caja de zapatos. *(Se la pone delante de los ojos.)* ¿Ves? Vacía.

BERTA: ¿Y qué más?

CARLOS: *(Señala el sofá.)* Estaba ahí.

BERTA: Se me quedó anoche. *(Pausa.)* Si la quieres para guardar algo, te puedo dar la tapa.

CARLOS: No la necesito, me basta con la caja. *(Pausa.)* ¿Sabes que me llamó la atención?

BERTA: *(Con burla.)* ¡No me digas! ¿Así que esto *(acentúa «esto»)* te llamó la atención? *(Pausa.)* Pues a mí, no. Si la veo en el sofá, la cojo, le pongo la tapa, la meto en el closet, o la rompo en cuatro pedazos y los quemo.

CARLOS: ¿Y qué más, Berta?

BERTA: Eso es todo.

CARLOS: ¿Estás segura?

BERTA: A no ser que se me ocurra escribir un cuento para niños. *(En tono narrativo.)* Una caja de sombreros le dijo a una caja de zapatos: Yo soy más grande que tú. Y la caja de zapatos le contestó...

CARLOS: *(La interrumpe.)* No me interesa. No soy un niño. Dime otra cosa.

BERTA: Pues entonces un cuento para adultos. *(En tono narrativo.)* Advirtió con horror que lo que estaba en la caja de zapatos era la mano cortada de un hombre... *(Pausa.)* ¿Te gustó?

CARLOS: No, eso no sirve, es literatura. *(Pausa.)* Esa caja me llamó la atención porque... *(Se calla.)*

BERTA: *(Ríe.)* ¿Lo ves? Tu caja no da para más.

CARLOS: Espera. Me he callado para producir un efecto de «suspense».

BERTA: ¡Ah! «Suspense»... Recurso gastado. Mejor ir al grano.

CARLOS: Bien. *(Pausa.)* Pues me llamó la atención porque verla y pensar que era algo a lo que se podía patear fue todo una.

BERTA: No es gran cosa. También los muchachos lo piensan y lo hacen.

CARLOS: *(Alzando la voz.)* Al principio fue un pensamiento infantil: llevarse por delante lo que sea, cortarle la cola a las lagartijas, tumbar nidos de los árboles, alzarle la saya a la criada... *(Pausa.)* Pero después, Berta, después... *(Se calla.)*

BERTA: Deja el «suspense», ¿no?

CARLOS: *(Angustiado.)* Ahora no es «suspense». Es que me da miedo decírtelo. *(Pausa.)* Vives tan en las nubes... *(Pausa.)* Bueno, tú sola no, casi todo el mundo vive en las nubes: la pintura Pop, la literatura Camp, la música concreta, y, por supuesto, los Beattles.

BERTA: *(En tono de reproche.)* A ti te gusta todo eso.

CARLOS: Me gusta, me gusta. Yo también vivo en las nubes. No lo niego. *(Pausa.)* Pero hoy, esta caja de cartón me hizo poner los pies en la tierra.

BERTA: Por cierto, no estoy muy segura de que oír a los Beattles sea estar en las nubes. Por ahí dicen que ellos reflejan la época.

CARLOS: Bueno, sí, la reflejan, pero, como al fin y al cabo los Beattles, no son más que uno de tantos long-playing, la época se ve como una fiesta. *(Pausa.)* En cambio, esta simple cajita de cartón es, en sí misma, un horror, una angustia y una violencia.

BERTA: *(Ríe.)* Graba esa descarga y te harás famoso como los Beattles.

CARLOS: Ríete, es tu derecho. Pero también yo tengo el mío, mi derecho, y lo voy a ejercer. *(Pausa.)* Ven.

BERTA: *(Sin moverse.)* Estoy muy cansada. Además, esto no tiene pies ni cabeza.

CARLOS: Ya verás si tiene o no tiene. Ven.

BERTA: Bueno, voy. *(Se para.)*

CARLOS: *(Coge de la mano a Berta, la lleva al centro de la escena, pone la caja a sus pies.)* Patéala.

BERTA: *(Con asombro.)* ¿Estás bajo los efectos del LSD? *(Pausa.)* Así que vamos a pasar la mañana comiendo mierda. Allá tú. Me voy a vestir. *(Empieza a caminar.)*

CARLOS: *(La agarra por un brazo, la vuelve a poner donde estaba.)* Dale una patada con tu patica.

BERTA: Si te empeñas... *(Le da a la caja un ligero puntapié.)*

CARLOS: Eso no sirve. Hay que patear fuerte. Echa el pie derecho hacia atrás, pon las manos en las caderas, asegura el equilibrio y patea fuerte.

BERTA: *(Ya en posición.)* ¡Allá va! *(Le da a la caja una fuerte patada.)*

CARLOS: *(La coge por un brazo y la lleva hasta donde cayó la caja.)* Es una buena patada. *(Pausa.)* Ahora dale otra.

BERTA: *(Gritando.)* ¿Con qué derecho? ¿Tú crees que voy a pasarme la mañana dándole patadas a esa caja? Tengo mil cosas que hacer. Me voy.

CARLOS: *(La agarra por el cuello.)* Ven acá, muchachita.

BERTA: *(Debatiéndose y llorando.)* ¿Estás loco? ¿Con qué derecho?

CARLOS: Con el derecho del más fuerte. Aquí yo soy el más fuerte. En otra parte puedo ser el más débil, pero aquí, Berta, aquí soy el más fuerte. *(Pausa.)* No te desanimes. La caja es más débil que tú. Anda, aprovéchate, patéala.

BERTA: ¿Y qué saco, dime, qué saco dándole patadas?

CARLOS: A su tiempo te lo diré, pero ahora patéala.

BERTA: ¿Y si me niego?

CARLOS: *(Le acaricia el pelo.)* Entonces te entro a patadas.

BERTA: ¿Te atreverías?

CARLOS: *(Levantando su mano derecha.)* Lo juro.

BERTA: Tú estás jugando.

CARLOS: *(Acentuando.)* Estamos jugando. Los dos. Tú y yo.

BERTA: Pero yo no quiero jugar.

CARLOS: Pero yo quiero. Patéala.

BERTA: Me da miedo.

CARLOS: ¿Qué?

BERTA: Patear la caja. No sé explicar, pero me da miedo.

CARLOS: A mí también.

BERTA: ¿Lo ves? No sigamos.

CARLOS: Hay que seguir. *(Pausa.)* Después vendrán las explicaciones.

BERTA: ¿Cuándo?

CARLOS: Después de cumplir el ritual.

BERTA: No vas a decirme que darle patadas a una caja de zapatos es un ritual.

CARLOS: Lo es. Como una misa. La nuestra. Pero en vez de cantada, pateada.

BERTA: Un ritual para locos. *(Pausa.)* ¿Insistes? ¿Otra patada?

CARLOS: Como Sumo Sacerdote te lo ordeno.

BERTA: *(Se inclina ceremoniosamente.)* Las órdenes no se discuten. *(Se pone en posición.)* ¡Allá va! *(Le da a la caja una patada en dirección al fondo del escenario.)* ¡Goal!

CARLOS: *(Sin moverse.)* Ahora juega con ella.

BERTA: Te gusta abusar, ¿eh? ¿Le digo que me pida perdón?

CARLOS: *(Imperativo.)* Déjate de cretinadas. ¿Cuándo has oído que una caja pide perdón? *(Pausa.)* Ella no tiene arte ni parte en esta misa. Es tan sólo un instrumento. Nuestro instrumento.

BERTA: ¡Qué triste sino el de esta cajita! *(Con voz engolada.)* En el altar del sacrificio la víctima propiciatoria aguarda la hora fatal. *(Pausa. Lanza una carcajada.)* Así que ella es nuestro instrumento. No es un perrito, un gatico y ni siquiera una ranita... algo que sienta y padezca. No, es ella, que no existe.

CARLOS: Con que tú existas y yo exista basta para el juego. *(Pausa.)* Y ahora, menos palabras y más acción. Vamos, juega con ella.

BERTA: ¿Qué hago?

CARLOS: Dale patadas suaves, llévala de uno a otro lado, háblale.

BERTA: No te entiendo. Acabas de decir que ella ni habla, ni ve, ni oye y ni siente.

CARLOS: Ella no, pero tú existes. Tú sí puedes hablarle. Por ejemplo, puedes preguntarle: «¿No te gustó?».

BERTA: *(Maquinalmente le da patadas suaves a la caja y le habla.)* ¿No te gustó?

CARLOS: ¡Ehhh! Agáchate. Pon el oído.

BERTA: *(Lo hace.)* ¿Cómo dices? ¿Que no te gustó? *(Se interrumpe, grita.)* ¡No puedo más! ¡No puedo más!

CARLOS: *(Se le acerca, le tapa la boca, fríe huevos.)* Eso no forma parte de la misa. Aquí lo profano nada tiene que hacer. Lleva tu problema emocional al psiquiatra. El oficiará su misa, tú serás su acólito y entonces podrán gritar hasta desgañitarse. *(Pausa.)* Prosigamos nuestra misa. Insúltala.

BERTA: *(Sin calor.)* Hipócrita.

CARLOS: Algo más fuerte. Algo, que como la patada, golpee.

BERTA: Hija de mala madre.

CARLOS: Más descarnado.

BERTA: Puta mala.

CARLOS: Eso es mucho mejor. *(Le da una patada a la caja.)* Cabrona. *(A Berta.)* Pégale con la lengua y con la pata.

BERTAS *(Patea la caja en dirección a Carlos.)* Pelúa, gargajo.

CARLOS: *(La patea en dirección de Berta.)* Tortillera.

BERTA: *(La patea en dirección de Carlos.)* Pajera.

CARLOS: *(Se agacha, coge la caja.)* Final del primer tiempo. Un minuto de receso. *(Pone la caja en el centro de la escena. A Berta.)* ¿Tú querías saber qué película dan?

BERTA: Sí.

CARLOS: Dan ésta. Fíjate.

BERTA: Ese juego me gusta. A ver.

CARLOS: *(Enciende un fósforo y lo mantiene en su mano hasta consumirse.)* ¿Cómo se llama?

BERTA: *(Rápido.)* «La luz que agoniza.» *(Pensando.)* Dime el título de ésta. *(Como si apuñalara a alguien, después se mira las manos, después se pone a temblar como si tuviera frío.)*

CARLOS: *(Pensando.)* «Sangre sobre la tierra.»

BERTA: Hay sangre, pero no sobre la tierra. ¿Te das por vencido?

CARLOS: Dame otro chance. A ver... *(Pensando.)* «Torrentes de pasión.»

BERTA: No. *(Pausa.)* ¿Te das por vencido?

CARLOS: También tú eres del carajo... Pones cada titulito. Anda, dilo.

BERTA: «Lady Macbeth en Siberia.»

CARLOS: ¡Coño! Qué fácil era de adivinar: la puñalada, las manos de la Lady Macbeth Siberiana, el frío. *(Pausa.)* Oye ésta. Si la adivinas te pago el cine un mes entero.

BERTA: Dale.

CARLOS: *(Con el puño de su mano derecha cerrado deja libre el dedo índice y lo mueve una sola vez. Acto seguido se toca la cara. Después con su mano derecha abierta la lleva a la altura de su cabeza, varias veces de derecha a izquierda.)* Adivina si puedes.

BERTA: Pues claro que puedo. «Un rostro en la muchedumbre.» *(Pausa.)* A ver si sabes cómo se titula ésta.

CARLOS: De eso nada, ricura. Terminó el receso. *(Con voz de anunciador.)* Segundo tiempo. *(Pausa.)* Lo llamaremos «La Inmolación.»

BERTA: Pobre cajita.

CARLOS: Ríe ahora, después llorarás.

BERTA: ¡Anjá! Entonces no oficiaré en este segundo tiempo. Guerra avisada...

CARLOS: Precisamente, es ésa la palabra para darle a nuestro espectáculo un título general: la guerra. *(Pausa.)* Y guerra avisada. Y si es avisada nadie puede desertar. Y al que deserte se le fusila sumarísimamente. *(Pausa.)* ¿Oficias o no oficias?

BERTA: Si no queda más remedio... *(Pausa.)* ¿Qué pasa ahora?

CARLOS: Ahora tenemos la caja en la piedra del sacrificio. ¿La ves? Indefensa. No puede escapar. Tampoco puede cocinar, coser, salir de compras, pelear con la vecina, darse una ducha, pintarse las uñas...

BERTA: Puede encomendar su alma a Dios.

CARLOS: ¿Y tú crees que ella es tan idiota como para perder el poco tiempo que le queda de vida encomendando su alma a Dios? *(Pausa.)* Hace algo muy distinto. Fíjate bien. *(Coge a Berta por un brazo.)* Agáchate. *(Berta se agacha, Carlos se echa en el piso.)* Planea la fuga. ¡Caramba! *(Mueve la caja.)* Se mueve. ¿No la ves? Es una artista. Nosotros filosofando, y ella, Berta, ella en la práctica... Un pasito ahora, otro después, y ojos que te vieron ir...

BERTA: *(Se para.)* Esto empieza a darme ganas de vomitar. Te lo juro. Vaya y pase lo de inmolarla, pero llegar a la tortura... Allá tú si eso te gusta. Yo me voy.

CARLOS: *(Se para, coge a Berta por la cintura.)* Tú te quedas. Soy el número uno en este ritual y tú eres el número dos. Así que te quedas. La tortura es parte del ritual. ¿Entendido? *(Pausa.)* Entonces prosigamos.

BERTA: ¿No se te ablanda el corazón? Es tan poca cosa, tan frágil.

CARLOS: ¿Poca cosa esta cabrona? Mira el trecho que ha recorrido mientras discutíamos. *(Coge la caja y la pone sobre su pecho.)* ¡Degenerada!

BERTA: Está llorando. ¿No la oyes? Nos pide perdón. Ten cuidado no te haga caca.

CARLOS: *(Aparta la caja de su pecho.)* Es lo normal. El terror relaja el esfínter. Primero lo pone tenso, después sobreviene el desplome. El cuerpo entero es mantequilla, gelatina, saliva. ¿Y qué decirte de sus tripas? Ellas son altamente sensibles, son su *high-fidelity*. Al primer signo de terror el cuerpo se va en mierda.

BERTA: *(Gritando.)* ¡Cochino!

CARLOS: Mierda es la única palabra que puede reflejar el estado de terror en que un ser humano se encuentra. Si yo dijera heces fecales estaría manifestando que el enfermo padece de lombrices. *(Se ríe.)*

BERTA: No quisiera estar en el pellejo de nuestra cajita.

CARLOS: Ni yo tampoco. Para... *(Se calla.)*

BERTA: No te calles. Sigue.

CARLOS: Para preservar el pellejo de uno hay que desollar el pellejo de otro.

BERTA: ¿Y si ese otro te rompe el pellejo para preservar el suyo?

CARLOS: Eso es lo que hay que evitar. Evitar por todos los medios y cueste lo que cueste.

BERTA: Que yo sepa, a nosotros nadie pretende rompernos el pellejo.

CARLOS: *(En un ataque de histeria, Carlos golpea a Berta en la boca.)* ¡Cállate! Me tienes llenos los cojones con tu filosofía barata. Ya te dicho que cuando quieras analizarte vayas al psiquiatra. Aquí estamos en misa, ¿me oyes?, en misa.

BERTA: *(Se pasa las manos por la boca.)* Lo único que te falta es asesinarme. Avísame cuando llegue ese momento para hacer mis oraciones.

CARLOS: Sentido del humor. No está mal. *(La acaricia.)* Perdóname. La mano se me debe caer por haberte pegado. Perdí el control. *(Pausa.)* Lo que pasa, es que para mí todo esto es muy serio. Y me gustaría que también tú lo tomaras en serio.

BERTA: ¡Pero si lo tomo en serio! Mira si lo tomo que estoy a punto de vomitar. *(Hace una arqueada.)*

CARLOS: No, por favor, aquí no vomites. Este es un lugar sagrado. Ve al baño.

BERTA: ¿Qué te parece si vomito encima de ella? *(Hace ademán de coger la caja.)* Dame.

CARLOS: ¿Sabes que me gusta esa parte? Sólo que... *(Se calla.)*

BERTA: ¿Sólo qué, chico, sólo qué...? ¿Miramiento con esa puta? Tú hablas mucho, pero al final te ablandas. *(Pausa.)* Dámela acá. *(Hace otro ademán de coger la caja.)* La voy a llenar hasta los topes con mi vomitera. Después tú la meas. Y si no le gusta, si se pone a gritar, entonces le haremos cosas peores.

CARLOS: ¿Cosas peores que ésas? Berta, ¿cuáles?

BERTA: Imagínate, lo otro, lo gordo.

CARLOS: *(Más excitado.)* ¿Y qué más, Berta, qué más?

BERTA: La puedes preñar, y cuando tenga un barrigón así de grande *(se pone las manos delante de la barriga)*, le das patadas y más patadas.

CARLOS: *(Lo mismo.)* ¿Lo estás oyendo, puta? *(Le da dos galletas a la caja.)* Te voy a inflar la barriga. *(Se pone la caja en el sexo.)*

BERTA: *(Muy excitada, a gritos.)* ¡Inflala, coño, ínflala! *(Pone el oído en la caja.)* ¿Cómo dices? ¿Que no puedes quedar preñada porque te sacaron la matriz y los ovarios? No te creo. *(De nuevo pone el oído.)* ¿Juras que es cierto? Pues entonces te inflaremos hasta los topes con lo gordo. *(Acceso de risa.)*

CARLOS: *(Apartando a Berta.)* Déjala ya. *(Pausa.)* Si seguimos así, morirá de susto. Y ella, Berta, seguro que está deseando esa muerte. Imagínate, cuando te mueres de un susto, es cuestión de un segundo. *(Pausa.)* Así pues, de acuerdo con nuestro ritual, procedamos a la inmolación de la cajita. *(Pone, boca abajo, la caja en el centro de la escena.)* Berta...

BERTA: *(Se pone las manos en la espalda. Suplicante.)* ¡No, Carlos, yo no. Nunca he matado. No sabría hacerlo!

CARLOS: Es cuestión de aprender. ¿Y sabes cómo? Pues matando.

BERTA: *(Burlona.)* ¡Mira quién habla! Tus únicos muertos son las moscas y los mosquitos.

CARLOS: No lo niego, pero eso no quita que desde hoy... *(Hace el gesto de degollar.)*

BERTA: Entonces, mátala tú.

CARLOS: Te voy a complacer, pero ten presente que también tú tendrás tu muertecito. Ya verás... Ya verás...

BERTA: No quiero matar.

CARLOS: No quieres, pero tienes que hacerlo. *(Pausa.)* Por hoy te salvaste; mañana matarás. *(Pausa.)* Bueno, como el verdugo soy yo, tú serás el sacerdote. Adminístrale los auxilios espirituales.

BERTA: *(Se arrodilla frente a la caja, dando la espalda al público. Junta las manos, inclina la cabeza.)* ¡Beee, beee, beee! *(Los balidos se van haciendo atronadores.)*

CARLOS: *(Mientras Berta grita «beee», ya Carlos ha salido por la puerta del fondo y regresa al instante calzando en su pie derecho una bota de caucho negro que le llega al comienzo de la rodilla. Se sitúa frente a Berta.)* Ayúdame.

BERTA, que en ningún momento dejará de balar, se arrodilla junto a Carlos, le coge la pierna derecha y se la alza. Acto seguido se la va bajando muy lentamente hasta ponerla encima de la caja, aunque sin tocarla. Retira las manos.

CARLOS: *(Gritando.)* ¡Ac-ción! *(Berta deja de decir «beee». Carlos aplasta la caja. Pausa larga. Se sienta en el suelo, se quita la bota, la pone a un lado. A Berta.)* Final del segundo tiempo. Un minuto de receso.

BERTA: *(Con asombro.)* ¡Cómo! ¿No terminó la misa con la eliminación física de la víctima? Si pretendes llevarme hasta la tabla, desde ahora te participo que no voy a prestarme a tu juego. Son las diez de la mañana. A las once tengo peluquería. A la una almuerzo. A las dos Universidad. Me voy.

CARLOS: Siempre terminas tus discursitos con un «me voy». Pues vete, chica, vete.

BERTA: *(Con asombro.)* ¿Que me vaya? ¿Puedo irme?

CARLOS: Puedes.

BERTA: Pero acabas de decirme que falta el tercer tiempo de la misa.

CARLOS: ¿Y qué?

BERTA: *(Vacilando.)* Bueno... No sé... Pienso...

CARLOS: Piensa lo que más te guste, pero si quieres irte, vete. *(Coge la bota y la lanza hacia el sofá.)*

BERTA: *(Nerviosa.)* No te entiendo. Antes me prometiste una entrada de patadas si me iba, y ahora me dejas ir.

CARLOS: *(Con voz de falsete.)* Antes... Ahora... *(Pausa.)* Vieja, suéltame ya. Acaba de irte.

BERTA: ¿Me echas?

CARLOS: *(Con burla.)* ¿Echarte yo, mi amor? Eres tú la que quiere irse.

BERTA: ¿Y si me quedo?

CARLOS: Te quedas.

BERTA: ¿Te hago falta realmente?

CARLOS: Ninguna.

BERTA: *(Se le acerca, le acaricia.)* ¿Estás actuando?

CARLOS: En este momento no.

BERTA: Entonces, ¿qué hago?

CARLOS: ¿No te ibas ya?

BERTA: No me voy a quedar para seguir en lo mismo.

CARLOS: Explícate.

BERTA: Seguir pateando y aplastando la caja.

CARLOS: Anjá.

BERTA: Ha sido pateada, torturada, inmolada. Una vez, está bien, pero dos, apesta.

CARLOS: Es decir que para ti el juego ha terminado.

BERTA: ¡Pues claro!

CARLOS: Entonces, vete.

BERTA: ¿Y tú?

CARLOS: Yo me quedo.

BERTA: Entonces, para ti no ha terminado.

CARLOS: ¡Pues claro!

BERTA: *(Agresiva.)* Eres un cabroncito. ¿Qué te has creído? Oye lo que te voy a decir: juega con tu cajita, pero a mí, suéltame. *(Se le acerca.)* No me busques porque me vas a encontrar... Te estás buscando una patada en el culo.

CARLOS: *(Imperturbable.)* Dámela. *(Se agacha.)*

BERTA: *(Gritando.)* ¡Ve a que te den por el culo, maricón! *(Le da la espalda.)*

CARLOS: *(Gritando.)* ¡Dámela!

BERTA: *(Gritando.)* ¡Ve a que te den por el culo, maricón! *(Se da vuelta y le da una fuerte patada. Carlos cae de bruces. Berta pierde el equilibrio, cae también. Crisis histérica significada en puñetazos contra el piso.)* ¡Maricón! *(Se levanta y empieza a darle patadas por todo el cuerpo.)* ¡Ven acá, so maricón! *(Lo coge por ambas manos, lo levanta. Carlos se relaja al punto de parecer un fardo.)* Te voy a romper ese culo apestoso. *(Le da dos patadas.)* Y aquí me quedo.

CARLOS: Quédate.

BERTA: Quédate, no. Me quedo porque me sale de aquí. *(Se toca el sexo.)* Vamos, sigue con tu misa de mierda. *(Le da un empujón.)*

CARLOS: Perfectamente. *(Pausa.)* Tercer tiempo. Lo llamaremos «el Interrogatorio».

BERTA: ¿Y eso por qué? La caja está muerta.

CARLOS: Pero no tú. *(Agresivo.)* Te voy a interrogar.

BERTA: ¿A mí misma? ¿Y qué vas a preguntarme? ¿Tú crees que voy a gastar saliva diciéndote que en tal día, en tal lugar, a tal hora, dos asesinos llamados Carlos y Berta torturaron y dieron muerte a una infeliz cajita? ¡Eso lo saben hasta los perros!

CARLOS: Esos son los hechos. Falta que lo discutamos. *(Pausa.)* Tú. *(Le toca el pecho.)* Y yo. *(Se toca el pecho.)*

BERTA: *(Remedando y haciendo la acción de Carlos.)* Tú y yo... Parece una cación picúa. *(Pausa. Chusma.)* Pues chico, tú y yo no tenemos nada que discutir. Y colorín colorao...

CARLOS: *(Se le acerca, la coge por las muñecas, agresivo.)* Este cuento no se ha acabado. Estás loquita por ver cómo acaba. *(La suelta.)*

BERTA: *(Remedando la voz de Carlos.)* ¿Y cómo acaba?

CARLOS: Piénsalo dos veces. Mira que acaba muy mal. Esto no es de *happy ending*. Vamos, decídete.

BERTA: ¿Y cómo acaba?

CARLOS: Vas a verlo. *(Pausa.)* Caperucita fue al bosque y se encontró... *(Pausa.)* ¿Con quién se encontró?

BERTA: Contigo.

CARLOS: Correcto. *(Pausa.)* ¿Qué te preguntó?

BERTA: Me preguntó: «Caperucita, ¿te quedas para el interrogatorio?»

CARLOS: ¿Y tú qué le contestaste?

BERTA: Me quedo.

CARLOS: Magnífico. *(Coge dos sillas, las pone una frente a otra de modo que los actores sean vistos de perfil.)* Siéntate.

BERTA: *(Se sienta.)* Me siento, me dejo interrogar, me dejo... torturar.

CARLOS: *(Se sienta, extiende la pierna derecha.)* ¿Qué es esto?

BERTA: ¡Qué va a ser! Una pierna.

CARLOS: No.

BERTA: ¿No?

CARLOS: No. Piensa.

BERTA: *(Pensando.)* ¿Una pata?

CARLOS: Correcto. *(Levanta la mano derecha.)* ¿Y esto qué es?

BERTA: ¿Qué va a ser? Una mano.

CARLOS: No.

BERTA: ¿No?

CARLOS: No. Piensa.

BERTA: *(Pensando.)* ¡Ya sé! Es una garra.

CARLOS: Correcto. *(Pausa. Se coge la cabeza con ambas manos.)* ¿Y esto qué es?

BERTA: Una cabeza.

CARLOS: No.

BERTA: ¿No?

CARLOS: No. Piensa.

BERTA: *(Pensando.)* Un cerebro.

CARLOS: Correcto. *(Pausa.)* ¿Ahora puedes decirme lo que el cerebro le ordena hacer a la garra?

BERTA: El cerebro le dice a la garra: agarra. *(Hace la acción.)*

CARLOS: ¿Y qué más?

BERTA: Desgarra. *(Hace la acción.)*

CARLOS: ¿Y qué le dice a la pata?

BERTA: Patea. *(Hace la acción.)*

CARLOS: ¿Y qué más?

BERTA: Aplasta. *(Pausa.)* ¿Algo más?

CARLOS: *(Ríe.)* Esto es sólo el exordio del interrogatorio. Estoy lleno de preguntas.

BERTA: *(Haciendo ademán de levantarse.)* Entonces déjalo ahí. No me gusta el jueguito. Sabes la hora y el minuto en que empiezan a interrogarte, pero no sabes ni la hora ni el minuto en que van a dejar de hacerlo. *(Pausa.)* Todavía me acuerdo de las preguntas de aquel Juez cuando el juicio por lo del choque...

CARLOS: ¡No me digas!

BERTA: Se le metió entre ceja y ceja que yo había chocado porque estaba borracha. *(Pausa.)* ¿Sabes adónde llegó con sus preguntica? Pues a que le enumerara las mejores marcas de whisky. Y se las dije.

CARLOS: Boba, te estaba cazando.

BERTA: Claro que me cazó. Me dijo que con el whisky bueno se choca, y con el malo también.

CARLOS: Te enmarañó. Eso fue lo que hizo: enmarañarte.

BERTA: Eso creo, porque, dime tú, ¿qué tenía que ver el whisky, bueno o malo, en todo eso?

CARLOS: Siempre juegan con uno. Sacan y sacan y al final te quedas vacío.

BERTA: Por eso mismo este juego no me gusta. Si lo proseguimos, me voy a enterar de cosas muy desagradables.

CARLOS: ¡Y tan desagradables! Pero no hay más remedio. *(Pausa.)* Bueno, otra pregunta. *(Pausa. Extiende de nuevo la pierna.)* ¿Qué es esto, Berta?

BERTA: *(Agresiva.)* Oyeme bien: acepto hacer el papel de una boba, pero el de dos bobas lo hace la puta de tu madre. *(Remedando a Carlos estira la pierna derecha.)* ¿Qué es esto? Carlos, ¿qué es esto? *(Pausa.)* Entré en tu jueguito, te dije que era una pierna. Tú me dijiste que no era una pierna. Entonces yo adiviné y te dije que era una pata. Y tú me dijiste: «¿qué hace la pata?» Y yo te lo dije, y tú dijiste: «correcto». Y seguiste con la garra y con el cerebro. Y ahora vuelves por la picada... *(Se para.)* Te veo venir: quieres enloquecerme, pero antes te mato. *(Coge la silla y hace ademán de aplastarla en la cabeza de Carlos.)* ¡Primero te mato! *(Le da un silletazo en la cabeza.)*

CARLOS: *(Con angustia.)* ¿Qué es esto, Berta?

BERTA: *(Pone la silla junto a la de Carlos. Al oído de éste.)* No me busques, Carlos, no me busques, mira que me vas a encontrar...

CARLOS: *(Lo mismo.)* ¿Qué es esto, Berta?

BERTA: Ya te lo dije, pero aunque sea otra y aunque lo supiera, no te lo voy a decir. Pregúntaselo al Juez, al cura, al panadero, al lechero, al mecánico, al maestro, al pintor, al pianista, al cartero, al escultor, pregúntaselo al coño de tu madre.

CARLOS: *(Gritando.)* ¿Qué es esto, Berta?

BERTA: *(Lo mismo.)* Es eso lo que tú quieres que yo te diga, pero ya te lo dije y no voy a repetirlo. *(Pausa.)* En cambio, voy a decirte que este nuevo jueguito sí me gusta y que vamos a seguir jugándolo. *(Pausa.)* Esto *(le toca la pierna)*, es una pierna de puerco asada, tu cochina pierna de puerco que tú mismo asaste para que yo me dé un banquete con ella. Déjame probarla. *(Le da un mordisco.)* ¡Exquisita! *(Pausa.)* Anda, pruébala, te lo permito.

CARLOS: *(Gritando y retorciéndose.)* ¿Qué es esto, Berta?

BERTA: Bueno, ahora no es una pierna de puerco; ahora es un mojón, un excremento, una mierda. Entérate.

CARLOS: *(Relajándose.)* ¿Lo ves, mi amor? Al fin diste en el clavo. *(Pausa.)* ¡Esto es una mierda! *(Se toca la mano.)* Y esto también. *(Se toca la cabeza.)* ¿Y esto? Ni hablar... Esto es la mierda más grande de todas las mierdas. *(Se toca el sexo.)* Y esto es una reverenda mierda. *(Pausa.)* No tengo ni pata, ni garra, ni cerebro. Lo que tengo es mierda, y yo soy una pura mierda.

BERTA: ¡Anjá! Con que el matón es una mierda. *(Se para.)* Y toda esta misa es otra mierda.

CARLOS: Una mierda entre mierda, pero aun así es necesario oficiarla. Una misa profana para enfermos deshauciados. *(Pausa.)* La misa de mi vida; en cambio, una misa sagrada para matadores no es la misa de mi vida, pero...

BERTA: Pero qué... Eres una mierda y un mierda sólo cosecha mierda, recoge mierda y se la come.

CARLOS: *(Gritando.)* Pero... Berta, tú no comprendes, tienes que comprender... *(Se abraza a ella.)* Mi amor, mírame, estoy temblando; aquí mismo me voy a caer en pedazos, me voy a ir en mierda. *(Pausa.)* Pero tengo que aprender; si no aprendo, me matan, y no sería nada que lo hicieran, pero ser excluido del mundo que mata es no estar en el mundo, en este mundo, en este mundo de mis veinte años, no en el de mi padre ni en el de mi abuelo, ni siquiera, Berta, en el mundo por hacer. *(Pausa.)* Si no mato, me matan; si no aprendo, me olvidan; si no aplasto, me aplastan; si no vivo como ellos, muero, y yo quiero vivir, Berta, aunque sea matando.

BERTA: Aclárame: ¿toda esa descarga forma parte de la misa? Quiero saber el terreno que piso. ¿Ahora debo decirte: Carlos, lo primero en la vida es vivir, vivir como sea. Así que coge la pistola y mata hasta que se te caiga el brazo?

CARLOS: Ahora no estamos en misa. Ahora somos lo que somos. Y somos mierda.

BERTA: Entonces, ¿qué te contesto?

CARLOS: Nada, tan sólo abrázame.

Berta lo abraza. La luz empieza a decrecer. Ambos, siempre abrazados, empiezan a caer muy lentamente.

BERTA: ¿Cómo te sientes?

CARLOS: Bien.

BERTA: ¿Vamos por fin al cine?

CARLOS: Como tú quieras.

BERTA: ¿De verdad que te sientes bien?

CARLOS: De verdad. ¿Y tú?

BERTA: Igual. Bien.

CARLOS: ¿Ya descansaste?

BERTA: Ya.

CARLOS: *(Se para de un salto. La luz vuelve.)* Tengo que aprender a matarlo.

BERTA: ¿A quién?

CARLOS: A ese tipo que quiere matarme.

BERTA: ¿Lo conozco?

CARLOS: No, tú no lo conoces, y yo tampoco.

BERTA: Entonces...

CARLOS: Cuando venga lo conoceremos. Se llamará Juan, Pedro, Arturo, o Carlos, como yo, o le dirán «Pata de hierro» o «Escupe por el colmillo» o «Diez muertos en el desayuno...»

BERTA: ¿Cómo sabes que vendrá?

CARLOS: Hoy le toca.

BERTA: Entonces, ¿ha venido otras veces?

CARLOS: Nunca falla.

BERTA: ¡Muchacho! Ya sé... El del blue-jin negro, con tenis blancos que mira con un ojo para acá y otro para allá... porque el pelo le cae sobre la frente. ¡Oyéee! ¡Se cayó el dinero!

CARLOS: Entra así *(como si apuntara con dos pistolas)*, y dice: «Llegó Angelito, saluden».

BERTA: *(A coro.)* Bienvenido, Angelito.

CARLOS: Entonces él me agarra por aquí. *(Con su mano derecha se coge por detrás del cuello de la camisa. Al mismo tiempo, hace como si pateara a alguien en el trasero.)* Siéntate allí. *(Carlos, dando tumbos, se deja caer en una silla, y deja colgar los brazos y baja la cabeza.)*

BERTA: *(Se para, se sienta en la otra silla.)* ¿Qué haces ahora?

CARLOS: *(Conservando la misma posición.)* Lo que Angelito diga.

Apagón.

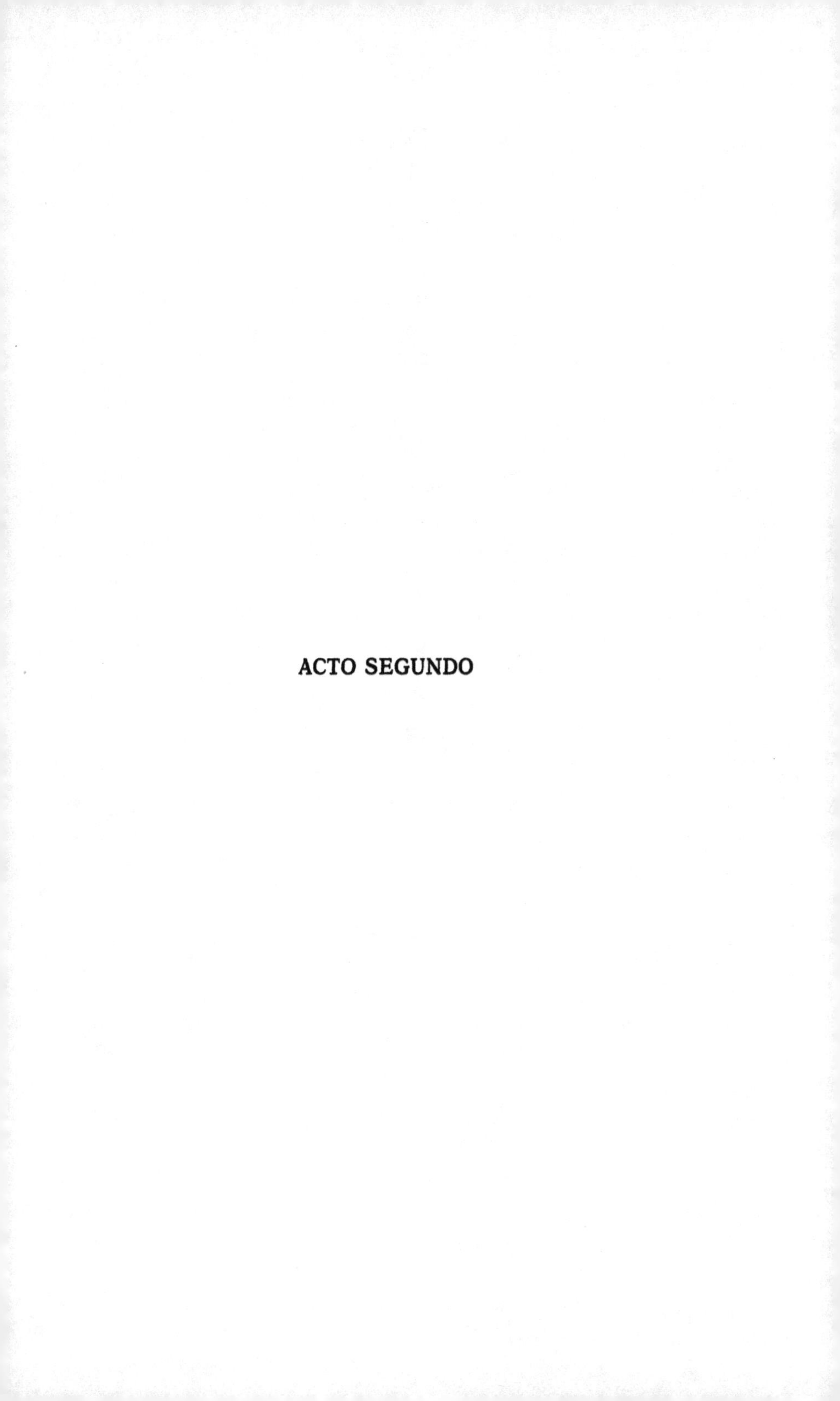

ACTO SEGUNDO

Carlos está en la misma posición que al final del Acto Primero. Berta, ahora con minifalda, sentada en el sofá-cama, se lima las uñas. Angelito está parado frente a Carlos. Viste blue-jin negro, camisa negra, tenis blancos. El mismo decorado.

ANGELITO: *(A Carlos.)* Párate.

CARLOS: *(Levanta la cabeza lentamente y lo mira.)* ¿Otra vez?

BERTA: *(A Carlos.)* Si empiezas con tus preguntas bobas, me voy. Ayer te luciste. Veinte minutos más que no estaban en el programa.

ANGELITO: *(A Berta.)* No te metas en nuestros asuntos.

BERTA: *(A Angelito.)* ¡No me digas! Yo estoy metida en esto hasta el pescuezo.

ANGELITO: *(A Berta.)* Metida, pero cuando te llegue el turno. Ahora cierra pico. *(Pausa. A Carlos.)* Párate.

CARLOS: *(Se para con esfuerzo.)* Un día de estos...

ANGELITO: Un día de estos qué... *(Pausa.)* Ponte donde siempre.

CARLOS: Un día de estos no me pongo más.

ANGELITO: Prueba. *(Se le acerca.)* Ten cojones para hacerlo. Cuando uno es un mierda se calla. Si algún día llegas a tenerlos, podrás hablar. Y hablar para mandar. *(Pausa.)* Ponte allí.

CARLOS: *(Camina lentamente hacia el centro de la escena.)* ¿Tú crees que llegue a aprender?

ANGELITO: Difícil. A mí nadie se me resiste. *(Pausa.)* Dobla el lomo.

BERTA: *(Se para. A Carlos.)* Tú eres un mierda. Angelito es un jefe. *(Llega junto a Angelito, lo abraza.)* ¿Qué me dices de ese niño lindo?

ANGELITO: Me da lástima, te juro que me la da. Y asco. Nunca va a aprender nada de nada.

CARLOS: Cuando menos lo esperes te llevarás una sorpresa.

ANGELITO: Ese día mátame rápido. De lo contrario no cuentas el cuento.

CARLOS: Fíate del mariconsón. Un día decide que esto se hace y esto no se hace y todo el mundo bocabajo.

BERTA: *(A Angelito. Haciendo pabellón con la mano derecha.)* Jefe, ¿oyó lo que yo? *(Bajando con el dedo índice de su mano derecha el párpado de su ojo derecho.)* ¿Vio lo que yo? *(Pasando sus manos por todo el cuerpo.)* ¿Sintió lo que yo?

ANGELITO: No se consuela el que no quiere... *(Pausa. A Carlos.)* Ahora te voy a dar la primera patada de esta tarde. Por supuesto, vas a permitir que te la de, irás rodando hasta caer donde hemos convenido, yo llegaré junto a ti, te volveré a patear, volverás a rodar, y así proseguiremos. *(Pausa.)* ¡Allá va eso! *(Lo patea.)*

BERTA: Ponle el culo como un tomate.

ANGELITO: *(Llega junto a Carlos, que ha ido rodando hasta caer de bruces cerca del proscenio.)* ¿No te gustó? Contesta. ¿No te gustó? *(Se agacha.)* Pues a mí, sí. Y oye: me seguirá gustando. *(Se incorpora.)* ¿Que si voy a darte más patadas? ¡Pues claro! Pero esta vez te pateo suavecito. *(Le da una patada suave.)* No me digas que te dolió. Casi ni te toqué. No puedes quejarte: te estoy pegando suave, sedoso, acolchado...

CARLOS: *(Se levanta.)* ¿Nunca has pensado que este juego puede tener un final?

ANGELITO: Sí, por supuesto, el que yo quiera darle.

CARLOS: *(Arrogante.)* O el que yo decida.

BERTA: *(A Angelito.)* Le corto la lengua.

ANGELITO: Déjalo en paz. *(Pausa. A Carlos.)* Me interesa eso. *(Pausa.)* A ver: ¿qué final le darías al juego?

CARLOS: Matarte. Y rápido. *(Hace la acción de disparar.)* Por mi propia mano.

ANGELITO: Me gusta esa parte: tú me matas y yo me quedo vivo.

CARLOS: Yo te mato y muerto te quedas.

ANGELITO: *(Le da una patada.)* ¿Cuándo lo harás?

CARLOS: Eso lo decido yo.

ANGELITO: *(Entre risas ahogadas.)* Así que tú vas a... Con un... Un día de estos...

CARLOS: Así como suena. Llegaré a ser Jefe. Y como tú, iré todas las noches, de ocho a diez, a casa de uno que se deja dar patadas porque no le queda más remedio que dejárselas dar. *(Pausa.)* Es un tipo que mide seis dos, con unas espaldas así *(hace la acción)*, con unos brazos que son dos bazucas y unos puños que son dos granadas. *(Pausa.)* Y yo lo pongo, ahí donde tú estás, y... coge esta patada y coge esta otra y esta otra... *(Lanza patadas, ya con la pierna derecha, ya con la izquierda, tan velozmente que cae.)*

ANGELITO: *(Se lanza sobre Carlos y lo patea.)* ¿Es eso lo que tú le vas a hacer al tipo de los seis dos? ¡Qué gusto te vas a dar! «Mano», te felicito. ¿Te imaginas lo que es poder coger a un patón por el pescuezo? *(Pausa.)* Fíjate: lo coges por el pescuezo *(coge a Carlos por el cuello)*, le pones la cabeza en el piso y lo obligas a besar la tierra. *(Hace la acción.)* Después lo paras *(lo hace)*, le das golpes en los riñones *(lo hace)*, lo llevas hasta esa silla *(lo hace)*, le das un paseíto para que se refresque *(lo hace)*, lo vuelves a patear *(lo hace)*. *(Pausa.)* ¿Te gustaría hacerle todo eso?

CARLOS: Antes tendré que matarte.

ANGELITO: Mátame.

CARLOS: ¡Ya verás, ya verás!

ANGELITO: ¡Ya veré, no! Mátame. Ahora mismo, mátame.

CARLOS: Cuando yo tenía diez años iba al colegio de los curas. Mi abuelo me daba una peseta para la merienda. *(Pausa.)* Un día, Matraca, que tenía quince, me dijo: «Dame esa peseta». Yo le dije: «¿A santo de qué?» El me dijo: «A santo de que me sale de aquí». *(Se toca el sexo.)* «Bueno», le dije, «gánatela», y le puse la guardia. *(Cierra los puños.)* El me dijo: «Pues me la gano», y me tiró tremenda trompada. Yo la esquivé, le tiré un *jab* a la quijada. Cayó redondo.

ANGELITO: ¿Y...?

CARLOS: ¡Dime tú! Quería sopetearme. A mí mismo. Después le entré a patadas. Si no lo quitan me lo como vivo.

ANGELITO: ¿Y qué más?

CARLOS: Desde entonces nadie me ha puesto la pata encima. ¡Qué va, mi hermano! Si te ablandas te cogen la baja, y entonces sí que terminaste; así como suena, terminaste. *(Pausa.)* Cuando iba por los quince, un tipo así de alto y así de gordo se acercó al banco donde yo estaba con mi novia. Me dijo: «¿Se identifica?» Yo saqué el carnet, él lo miró, volvió a mirarlo, por fin lo tiró en la yerba. Yo le dije: «¿Por qué hace eso?» El me dijo: «Siempre hago lo que me sale de adentro». Yo le dije: «Pues si lo hace, es un mierda». El me dijo: «Chiquito, te voy a enjuagar esa boca sucia». Yo le dije: «Cuando quiera». El se me fue arriba. Yo di un salto y me puse detrás del banco. El se me acercó y cuando se me echó encima le enjuagué la barriga con mi sevillana. *(Hace todas estas acciones.)*

ANGELITO: *(Le da un apretón de manos y una palmada en el hombro.)* ¡Chócala, mi socio! Así se actúa: rápido. Lo dejaste tieso. ¡Dime tú! El gordogrande se las traía... pero tú lo paraste en seco. *(Pausa.)* Es lo que tú dices: si te cogen la baja, es para toda la vida. Y eso no puede tolerarse.

CARLOS: *(Sin dejar de estrecharle la mano.)* ¿Tú me crees? ¿Verdad que sí? *(Pausa.)* Puedo buscar el periódico donde salió el suceso.

ANGELITO: *(Le suelta la mano.)* No hace falta, mi hermano. Me consta que eres un tipo que se la juega. Sólo hay que verte para saber que eres un bravo.

CARLOS: Estás jugando conmigo. Te lo veo en la cara.

ANGELITO: ¡Que no, «mano»! *(Se le acerca, le palpa los brazos, le toca el pecho.)* ¿Tú crees que a un hombre con esos brazos y ese pecho alguien le puede toser? Yo soy un tipo que respeta a los machos. Y a ti se te ve por encima de la ropa que lo eres. *(Pausa.)* Te voy a dar una prueba de confianza.

CARLOS: *(Se abraza a Angelito.)* ¿De verdad, «mano»? Gracias, «mano», gracias.

ANGELITO: Pues sí que te la voy a dar. Una gran prueba de confianza. *(Pausa.)* ¿Ves el tipo que está sentado en el sofá? *(Le indica a Berta que se siente en el sofá.)*

CARLOS: *(En el juego.)* ¿El que está con la jeba o el que está dormido?

ANGELITO: El que está con la «lea». *(Pausa.)* Pues ese hijo de yegua se me ha atravesado en el camino. Tiene pujos de jefe. *(Pausa.)* ¿Sabes qué hizo? Mandó a uno de sus compinches a cortármela. Lo dejé tieso, metí al muerto en una canasta, la llené de flores y se lo mandé de vuelta. *(Pausa.)* ¿Qué te parece?

CARLOS: *(Siempre en el mismo juego. Riendo)* ¡Eres grande, «mano», grandísimo! Sólo tú eres capaz de hacer eso.

ANGELITO: Después le puse un telegrama, un telegramita así: «Aunque te entierres te desentierro y te entierro muerto.»

CARLOS: *(Doblándose de la risa.)* ¡Fenómeno, «mano», fenómeno! El tipo debe estar cagado del susto.

ANGELITO: Desde que recibió el telegramita, nada en su propia mierda. *(Pausa.)* Lo menos que él se piensa es que estoy aquí. No sé cómo se atrevió a salir. La tipa que está con él viene a verme todos los días. *(Imita la voz de una mujer.)* «Angelito, deja eso, tú sabes que Mai te lleva; lo que pasa es que tiene su carácter». Y yo: «¿Qué carácter? Los mierdas como él no tienen carácter».

CARLOS: *(Gritando.)* ¡Mierda, mierda, mierda! *(Pausa.)* Mierda como yo.

ANGELITO: «Mano», no diga usted eso. Ni en broma. Cómase vivo al tipo. *(Señala hacia el sofá.)* Ahí le pongo el dulce en la boca. *(Pausa.)* Vaya allí pasito a pasito, no le dé tiempo a respirar. *(Pausa.)* Una vez que lo haya reventado, formaremos la sociedad de matanzas mutuas.

CARLOS: Pero él no me ha hecho nada.

ANGELITO: Provóquelo. Dígale: «¿Se puede saber quién es la putica que te acompaña?»

CARLOS: Se lo diré, pero, ¿con qué lo mato?

ANGELITO: Con esta pistola. *(Se pone la mano derecha en la cintura y hace como si le diera el arma.)* Cuando él te diga lo que te diga, lo afrijolas.

CARLOS: *(Hace como que coge el arma, se la pone en la cintura y deja la mano sobre ésta. Camina muy lentamente hacia el sofá.)* Soy un bravo, soy un bravo... *(Se interrumpe. A Angelito.)* ¿Qué hago ahora?

ANGELITO: Dile lo que te dije.

CARLOS: *(Con voz entrecortada.)* ¿Se puede saber quién es la putica que te acompaña?

ANGELITO: *(Se ha puesto detrás de Carlos.)* La putica soy yo y te voy a romper el culito. *(Lo patea en el traseso. Carlos cae de bruces sobre el sofá. Llora.)* ¡Te lo creíste, cobardón! *(Se sienta y pone los pies de Carlos sobre sus rodillas.)* Vamos, no es para tanto, eso pasa hasta en las mejores familias. Siempre hay un rana. Yo me acuerdo...

CARLOS: *(Gritando.)* ¡Cállate, cállate!

ANGELITO: *(Fingiendo asombro.)* ¡Eh! ¿Dije algo malo? He visto a gente rana convertida en gente de pelo en pecho. *(Pausa.)* Déjame contarte...

CARLOS: *(Llorando.)* ¿Para qué, para qué? Siempre seré un rana.

ANGELITO: Bueno, no te contaré nada. *(Pausa.)* Pídeme lo que quieras.

CARLOS: Deja, es inútil.

ANGELITO: «Mano», te juro que ahora no juego. Me da tanta pena verte ahí tirado, llorando, que se me parte el corazón. Ahora va en serio. Pídeme lo que quieras.

CARLOS: Deja, deja...

ANGELITO: Esta vez va de veras. Anímate.

CARLOS: *(Se sienta quedando entre Berta y Angelito.)* ¿Cómo se entiende que es en serio?

ANGELITO: Muy sencillo: yo me vuelvo tú y tú te vuelves yo.

BERTA: *(Riendo.)* ¿Y yo qué me vuelvo? ¿En qué me convierto? ¿En una cucaracha?

ANGELITO: *(De un empujón la echa hacia atrás.)* Cierra el pico. Habla cuando te llegue el turno. Sabes de sobra cuándo hablarás.

BERTA: Es que te veo venir: has resuelto que Carlos se ahogue en su propia mierda. *(Se para.)* No sigas jugando con él, mátalo ya.

ANGELITO: No te adelantes. A lo mejor Carlitos me parte en dos. Nunca se sabe...

BERTA: *(A Carlos.)* ¿Lo oíste, Carlos?

CARLOS: *(Con desaliento.)* Yo soy... ¿Qué soy, Berta, qué soy?

ANGELITO: Un mierda. Tú mismo lo has dicho. *(Pausa.)* Pero... *(Se calla.)*

CARLOS: *(Anhelante.)* ¿Qué...? Habla.

ANGELITO: Puedo hacer que no seas un mierda. Te decía...

CARLOS: No entro en ese juego, en tu juego sucio.

ANGELITO: Te digo que no. Vamos, decídete: si esperas demasiado tiempo, a lo mejor se me olvida este rasgo de... generosidad.

CARLOS: Ni tú puedes volverte yo, ni yo puedo volverme tú.

ANGELITO: Y yo te digo que puedes volverte yo, haciéndome lo que yo te hago, y yo puedo volverme tú, dejándome hacer lo que yo te hago.

CARLOS: Eso es un trabalenguas. *(Pausa.)* De modo que vas a dejarme que te dé patadas y más patadas. Y encima de eso vas a confesar que te gusta, y encima me lo vas a agradecer. Esas cosas maravillosas sólo pasan en el sueño.

ANGELITO: ¡Oiganlo! El sabichoso, el que se la lleva en la golilla. *(Pausa.)* Hablaste y todo está dicho. *(Pausa.)* Pues no, señor. ¿No acabas de decir que tu máxima aspiración es aprender a matar?

CARLOS: Eso es.

ANGELITO: Entonces, quedan por decir muchas cosas. *(Pausa. Como si apuntara con un revólver.)* Y por hacer, «mano». ¿Quieres aprender?

CARLOS: Quiero. *(Pausa.)* Dime lo que hay que hacer.

ANGELITO: Vuélvete yo.

CARLOS: ¿Y tú?

ANGELITO: ¡Qué pregunta! Yo me volveré tú. *(Pausa.)* Así. *(Empieza a desabrocharse la camisa.)* «¿La cogiste?»

CARLOS: *(Excitado imita la voz y la petulancia de Angelito: empieza a sacarse la camisa.)* Siempre la cojo al vuelo. *(Pausa.)* Te voy a poner como un tomate ese culo sucio.

ANGELITO: *(Imita la voz y la debilidad de Carlos.)* ¡Mierda, mierda, soy un mierda! *(Le da su camisa a Carlos, a su vez coge la camisa de éste, se la pone.)* ¿Vas a darme muchas patadas?

CARLOS: *(Mientras se pone la camisa le da un empujón.)* Las que me salga de aquí. *(Se toca el sexo.)* Ahora soy el bravo. *(Se quita el pantalón.)* Esto no es un pantalón, esto es una saya, una saya para que te la pongas, mujercita.

ANGELITO: *(Quitándose el pantalón.)* Esto no es una saya, esto es un pantalón, un pantalón para que te lo pongas, machito.

CARLOS: *(Se pone el pantalón de Angelito.)* Habrá que matarme para quitarme este pantalón. *(Pausa.)* Soy un jefe, un bravo, un duro. ¡Viva Carlos!

ANGELITO
Y BERTA: ¡Que viva!

CARLOS: *(A Angelito.)* ¿Qué tú eres?

ANGELITO: Yo soy lo que tú no eres y tú eres lo que yo no soy.

CARLOS: ¡Ah, bueno! Te iba a romper el culito si contestabas otra cosa. Hablas como un filósofo. *(Pausa.)* ¿Qué es un filósofo?

ANGELITO: Un tipo que no es un bravo.

CARLOS: Dime algo filosófico.

ANGELITO: *(Pensativo.)* Matar o que te maten: he ahí el dilema.

CARLOS: *(Cruza los brazos sobre el pecho. En caricatura.)* ¿Es más noble para el que mata sufrir los golpes y dardos de la airada fortuna?

ANGELITO: *(En caricatura.)* ¿O el que no mata armarse contra un piélago de tormentos y, haciéndoles frente, acabar con ellos?

BERTA: *(Coge a Angelito y a Carlos por un brazo y va con ellos hasta el proscenio. Una vez allí, Berta marca el compás con el pie derecho sobre el piso y diciendo sólo la palabra «Bang» cantan los primeros compases de la Marcha Fúnebre de Chopin. Después vuelven al sitio donde estaban. Carlos ocupa una silla. Angelito la otra. Berta se coloca detrás de ellos. Con afectación.)* Seguid filosofando.

ANGELITO: Morir... dejarse matar, no más; y con un balazo pensar que damos fin a los pesares y a los mil naturales conflictos que constituyen la herencia de la carne. *(Berta se inclina sobre An-*

gelito, se abre el escote, muestras sus senos, exhala un suspiro de placer. Angelito prosigue su parlamento.) He aquí un desenlace que deberíamos solicitar con anhelo.

BERTA: *(Negando enérgicamente con la cabeza.)* ¡Bang, bang!

CARLOS: Ahí, ahí está la dificultad, porque es forzoso que nos detenga el considerar que en perdiendo la vida nos sustraemos a su bullicio.

ANGELITO: Esta reflexión es lo que hace tan duradero el infortunio, porque, ¿quién aguantaría los ultrajes y desdenes del mundo, la tiranía del opresor, las afrentas del soberbio, las congojas del amor desairado, las dilaciones de la justicia, las insolencias del poder y las humillaciones que el paciente mérito recibe de los hombres indignos, si no fuera por el bullicio de la vida?

CARLOS: ¿Quién quisiera procurarse el reposo con un simple punzón en espera de una vida eterna que no es sino la negrura del sepulcro?

BERTA: *(Como si tuviera un punzón en su mano lo hunde en el pecho de Angelito. Pausa.)* ¡Bang, bang!

ANGELITO: ¿Quién quisiera sufrir molestas cargas, gemir y sudar bajo el peso de una vida afanosa, si no fuera por tener la certeza de la muerte? Certeza que no pone trabas a la voluntad y nos hace soportar aquellos males que nos afligen para arrojarnos a otros que aún desconocemos.

CARLOS: Así es como la conciencia hace de todos nosotros unos valientes, y así el matiz natural de la resolución no queda deslucido por la enfermiza palidez de la inquietud y las empresas de mayores alientos siguen su curso y tienen nombre de acción.

BERTA: *(Gritando.)* ¡Ac-cióoon! *(Empuja, haciéndolos caer, a Carlos y Angelito; también cae ella. Apagón. Durante un minuto se oirá tableteo de ametralladoras mezclado con imprecaciones y lamentos; al mismo tiempo la escena estará cruzada por luces de bengala, balas trazadoras y reflejos de incendio. Al iluminarse de nuevo la escena, Carlos y Angelito se paran, cogen las sillas y se sientan. Berta permanece en el suelo y se frota enérgicamente las rodillas.)*

BERTA: Me cago en Hamlet y en toda su parentela.

CARLOS: ¿Qué te pasó?

BERTA: Me di un rodillazo del carajo; siempre es lo mismo: cuando no es algo peor. La semana pasada...

ANGELITO: *(La interrumpe.)* A la verdad que el Hamlet era un bárbaro: se llevó por delante a la madre, al rey, al pinto de la paloma...

CARLOS: *(Lo interrumpe.)* Y qué... Mira como acabó. Tanto jaleo para que Fortimbrás se quedara con la tajada. *(Pausa.)* Conmigo no va eso. En vez de un Horacio que de mí diga: «Por fin se quebranta un noble corazón... ¡Adiós, amado Príncipe! Coros de ángeles arrullen con sus cantos tu sueño eterno», quiero un Horacio que de mí proclame: «Buenos días, amado Príncipe: tú eres el Jefe, pide por esa boca».

ANGELITO: *(Se abre de pierna, se echa hacia atrás, se da golpecitos en la barriga. Con voz engolada.)* ¿Qué más puedo pedir? Puedo poner en el tajo las cabezas de todos mis súbditos; puedo, como un mago, hacer que la verdad sea mentira, y la mentira verdad; puedo hacer que la luna caliente y que el sol enfríe. *(Pausa.)* Bueno, esto no puedo hacerlo, pero es como si pudiera hacerlo. *(Pausa.)* Puedo poner a llorar y puedo poner a reír. Puedo, como Júpiter, darme el lujo de un Prometeo encadenado, y, finalmente, tanto es mi poder que hasta puedo no poder.

BERTA: *(Implorante, se prosterna ante Angelito.)* ¡Pide más, jefe, pide más! ¡Pide por esa boca!

ANGELITO: *(Con indolencia.)* Puedo poder no poder pedirte que me pidas que pida más por esta boca.

BERTA: *(Con humildad.)* Puedes no poder, jefe, pero, de todos modos, pide más por esa boca.

ANGELITO: *(Se para, se cruza de brazos.)* Soy dueño del orbe entero. En mis estados no se pone nunca el sol.

BERTA: *(Se sitúa detrás de Angelito.)* Pide más por esa boca.

ANGELITO: *(Con fastidio.)* ¡Oh!

BERTA: ¡Oh! *(Como si se dirigiese a un auditorio invisible.)* ¿Ya han oído? Todo el mundo a decir «oh».

(Al fondo de la escena, por los laterales, se oyen muchos «oh», gritados, cantados, susurrados, de terror, de pasmo, de alegría, etc.)

ANGELITO: ¡A callar! *(Pausa.)* No he pedido por esta boca que todo el mundo diga «oh». Sólo quise decir: «¡Oh!». Berta, deja de pedirme que pida más por esta boca.

BERTA: No puedo poder no poder pedirte que pidas más por esa boca.

ANGELITO: ¡Mierda!

(El coro en los mismos tonos y gradaciones, repite dicha palabra.)

ANGELITO: ¡A callar! *(Empieza a caminar lentamente. Berta lo sigue.)*

BERTA: Que cierren el pico, que sus bocas se hagan ceniza, pero tú, jefe, pide más por esa boca.

ANGELITO: *(Camina hacia el proscenio. Al público.)* Lo tengo todo.

BERTA: *(Que lo ha seguido.)* Entonces pide algo que sea más que *todo.*
(El coro repite, in crescendo, dicha palabra.)

ANGELITO: *(Se da vuelta.)* ¡A callar! *(Pausa.)* ¿Qué más puedo pedir por esta boca? ¿Algo que sea más que todo? ¿Qué? ¿Qué?

EL CORO: ¡Pantalón! ¡Pantalón!

BERTA: *(Con extrañeza, mira a Angelito.)* ¿Pantalón?

ANGELITO: *(Lo mismo, mirando a Berta.)* ¿Pantalón?

CARLOS: *(Llegando junto a Angelito y Berta, los mira con igual extrañeza.)* ¿Pantalón?

EL CORO: *(In crescendo.)* ¡Pantalón! ¡Pantalón!

ANGELITO: ¿Pantalón? No entiendo.

BERTA: No puedes no entender, jefe. Dicen «Pantalón».

CARLOS: ¿Pantalón? ¿Pantalón?

ANGELITO: Pantalón tengo. De trabajo, de estar en casa, de salir, de ceremonia, de cacería, de pesquería, de primera comunión, de ballet, de mecánico, de... *(Gritando.)* ¡De lo que sea!

EL CORO: *(Vociferando.)* ¡Pantalón! ¡Pantalón!

ANGELITO: ¡Pantalón tengo, carajo! De paño, de mezclilla, de brocado, de terciopelo, de seda, de pana, de alpaca, de caqui, de casimir, de dril, de tela china, de yute, de dacrón, de orlón, de lastiflex, de papel, de... ¡De lo que sea!

EL CORO: ¡Pantalón! ¡Pantalón!

BERTA: Pues nada, jefe, hay que pedir pantalón.

ANGELITO: Sea. Pantalón hay que pedir. *(Pausa.)* Hay que oír la voz interior. *(Pausa.)* Pantalón tengo, pero pantalón debo pedir. Lo tengo todo, más algo que todo pedir debo. *(Pensando.)* Pantalón o no pantalón: he aquí el problema. Pantalón tengo, pero pantalón me falta. *(Pausa.)* ¿Me falta un pantalón mío o me falta un pantalón de alguien? *(Pensando.)* ¿De alguien? ¿Tengo un pantalón de alguien? *(Se mira el pantalón.)* Este pantalón mío no es. *(Pensando. Mira ya a Berta, ya a Carlos. Pausa. De pronto señala a Carlos.)* ¡Pantalón!

CARLOS: *(Con terror.)* ¿Qué dices? No entiendo.

ANGELITO: *(Señalando el pantalón que Carlos tiene puesto.)* Pantalón mío. Ese.

CARLOS: *(Tratando de echarlo a broma.)* Pantalón éste comprá. Pantalón éste mío.

ANGELITO: *(Siempre señalando el pantalón de Carlos.)* Pantalón mío ése.

EL CORO: ¡Pantalón! ¡Pantalón!

CARLOS: *(Mete los pulgares en la cintura.)* Pantalón mío éste.

ANGELITO: Pantalón mío ése. *(Se le va encima a Carlos y le mete los pulgares en la cintura.)* Mío, mío, mío. *(Forcejea con Carlos hasta hacerlo caer de rodillas: le pone el pie en la cara, lo empuja, y Carlos queda tendido boca arriba. A Berta.)* Quítale pantalón mío. *(Se quita el que tiene puesto.)*

BERTA: *(Le quita el pantalón a Carlos por las patas. Se lo da a Angelito.)* Pantalón tuyo.

ANGELITO: *(Se lo pone. Coge el de Carlos por las patas y hace con ellas un dogal. A Carlos.)* Párate. Ven.

CARLOS: Eso no. *(Llega junto a Angelito.)*

ANGELITO: Eso sí. Cuando a un mierda lo vencen le pasa eso. *(Le pone el dogal. A Berta.)* Coge una pata.

BERTA: No se lo vas a hacer.

ANGELITO: *(Coge la otra pata del pantalón)* Se lo voy a hacer. Por esta boca pido que por esa boca a Carlos la lengua roja le salga. *(A Berta.)* ¿Listo?

BERTA: Cuando quieras

ANGELITO: *(Gritando.)* ¡Ac-cióoon! *(Ambos tiran de las patas del pantalón. Carlos saca la lengua. Las voces gritan: ¡Beeee! Apagón. Voz potente dice: «Por fin se quebranta el corazón de un rana... ¡Adiós, cobarde Príncipe! Coros de brujas arrullen con sus maldiciones tu sueño eterno». Vuelve la luz. Angelito está sentado en una silla en el centro de la escena. Lleva sobre los hombros el pantalón de Carlos con las patas del mismo anudadas flojamente al cuello y las agarra con ambas manos. A Berta.)* Por esto no dan nada.

BERTA: *(Se acerca y hace ademán de coger el pantalón.)* Lo quemaré.

ANGELITO: *(La detiene con la mano derecha.)* No, deja, me quedo con él. Cuando vaya a darle clases a algún aspirante a matador, le diré: «Oye, socio, este pantaloncito perteneció a un rana. Mira a ver cómo te portas, porque a lo mejor también me llevo el tuyo».

BERTA: *(Mirando hacia el sofá donde Carlos ahora está echado, en calzoncillos, boca arriba.)* Murió como un rana. De nada le servirá la lengua en lo adelante. Pedirá por esa boca y todo se quedará en: «Palabras, palabras, palabras...»

CARLOS: Angelito, dame una oportunidad.

ANGELITO: No tengo ninguna clase de relación con los muertos. Y menos con los que yo he matado. Ni siquiera podría volver a matarlos. Así que cállate, o si te aburres, háblale a otro muerto.

EL CORO: *(Con burla.)* ¡Muerto! ¡Cadáver! ¡Difunto!

ANGELITO: ¿Oyes? Se burlan de ti. Y están en todo su derecho. No defendiste tu pantalón, te lo dejaste quitar como mansa paloma. Allá tú con tu condena.

EL CORO: ¡Muerto! ¡Cadáver! ¡Difunto!

CARLOS: *(Incorporándose y mirando a lo alto.)* ¡A callar!

EL CORO: ¡Muerto! ¡Cadáver! ¡Difunto!

CARLOS: *(Se para sobre el sofá, agita los puños.)* ¡A callar he dicho!

EL CORO: *(In crescendo.)* ¡Ñampeso! ¡Ñampeso!

ANGELITO: *(A Carlos.)* Vas a ver. Voy a pedir por esta boca. *(Se para, hace bocina con las manos.)* ¡A callar!

(El Coro, que hasta ese momento no ha dejado de gritar «ñampeso», se calla.)

CARLOS: No entiendo. Cuando decían «¡Pantalón!, ¡Pantalón!», les gritaste que se callaran y no te obedecieron.

ANGELITO: Correcto, difunto. Cuando les grité que se callaran, el jefe eras tú. Se te escapó ese detalle. En cambio, yo me puse en onda, cogí el mensaje y te maté. Ahora soy el jefe de verdad. Pido por esta boca, y por esta boca les pido que se callen y lo hacen. Lo puedo todo y algo más que todo.

CARLOS: *(Baja del sofá, se acerca a Angelito.)* Entonces hazme vivir de nuevo.

ANGELITO: Lo siento, difunto, eso es lo único que no podría hacer. Iría contra mis principios.

CARLOS: Está bien, pero puedes devolverme el pantalón.

ANGELITO: Sería como devolverte la vida. También iría contra mis principios. *(Pausa.)* Sólo te queda el sueño eterno y los coros de brujas con sus maldiciones.

CARLOS: *(Va hacia Berta y se abraza a ella.)* ¿Lo has oído? El sueño eterno, las maldiciones. *(Pausa.)* Haz algo por mí.

BERTA: *(Rechazándolo.)* Por un muerto nada se puede hacer, Carlos.

CARLOS: Tú puedes hacer algo por mí, no sé qué, pero puedes salvarme.

BERTA: Lo único que puedo hacer por ti es enterrarte. ¿Quieres que lo haga?

CARLOS: *(Caminando en todos sentidos y gritando.)* ¡Hacer algo, hacer algo, algo, algo, algo, algo, algo, algoooooo! *(Cae de rodillas y hace rebotar su cabeza contra el piso.)*

ANGELITO: De modo que además de muerto, está loco. Habrá que enviarlo al hospital de dementes del infierno.

BERTA: Si está loco puede hacer algo. El único modo de hacer las cosas en grande es enloqueciendo.

ANGELITO: De acuerdo, pero de nada le servirá su locura porque está muerto.

CARLOS: *(Empieza a pasarse las manos por el cuerpo, al principio con moderación hasta llegar al frenesí.)* Muerto, suéltame, suéltame, muerto, sal, muerto sal, muerto húyeme, húyeme; muerto piérdete, piérdete; muerto, bórrate, bórrate. *(Repite el conjuro. Pausa.)* Vivo, chúpalo, chúpalo. *(Se chupa los brazos.)* Vivo, muérdelo, muérdelo. *(Se muerde los brazos y los muslos.)* Vivo, aráñalo, aráñalo, aráñalo. *(Se araña la cara y el pecho.)* Vivo, ñámpealo, ñámpealo. *(Se da golpes por todo el cuerpo.)*

EL CORO: *(In crescendo.)* ¡Ñámpealo! ¡Ñámpealo!

ANGELITO: *(Excitado, se para, llega junto a Carlos, lo patea.)* ¡Cállate!

CARLOS: *(Parándose.)* Calla a los vivos, mátalos, hay millones de vivos. A mí, déjame este muerto.

ANGELITO: Bueno, si eso te divierte. *(Vuelve a sentarse.)*

CARLOS: Déjamelo, tengo que vivir al vivo que está en el muerto, tengo que matar al muerto que está en el vivo.

EL CORO: *(In crescendo.)* ¡Ñámpealo! ¡Ñámpealo!

CARLOS: *(Llegando junto a Berta le abre el escote y mira.)* ¡Ahí está escondido, ahí está! Sal. ¡Vivo, preséntate! ¡Vivo, aparécete!

BERTA: *(En el juego. Se mira los senos.)* ¡Búscalo! ¡Búscalo!

CARLOS: *(Se agacha y mira por debajo del vestido de Berta.)* Entonces se esconde aquí. *(Mete la mano y agarra el sexo de Berta.)* ¡Preséntate, preséntate! *(Berta cae presa de convulsiones. Carlos corre, coge la alfombra, la extiende a los pies de Angelito. Será una alfombra roja. Coge a Berta y la arrastra hasta dejarla acostada sobre la alfombra, con la cabeza sobre los pies de Angelito. Berta continúa con las convulsiones. Carlos se pone a horcajadas sobre ella y le coge los brazos, moviéndose al compás de las convulsiones de Berta.)* ¡Vivo, sal! ¡Vivo, sal! ¡Vivo, aparécete!

EL CORO: *(In crescendo.)* ¡Vivo, sal! ¡Vivo, sal!

ANGELITO: *(En el juego.)* ¡Que vengan otros muertos, que ya éste apesta!

CARLOS: *(La misma acción.)* ¡Vivo, muérdelo! ¡Vivo, aráñalo! ¡Vivo, chúpalo! ¡Vivo, ñámpealo!

EL CORO: *(In crescendo.)* ¡Ñámpealo! ¡Ñámpealo!

ANGELITO: *(En el juego)* ¡A callar! ¡Que vengan otros muertos, muertos frescos, matados por mi mano!
(Apagón de diez segundos. Mientras dure el apagón se oirá un vibrador en toda su intensidad. Cuando deje de resonar, la luz amarilla de un spot caerá sobre Berta, ahora en «panties», y sobre Carlos, arrodillado detrás de ésta. A su vez, diez actores, vestidos como lo está Carlos [es decir, en calzoncillos, camisas

negras y descalzos] *forman una guardia de corps, distribuidos en dos grupos de a cinco, a uno y otro lado de Angelito.)*

ANGELITO: *(Mirando a uno y otro lado.)* Pedí por esta boca y ahí los tengo. Muertos fresquecitos. Huelen a rosa. *(Aspira el aire como oliendo un perfume. Pausa. A Carlos.)* Date sepultura. Pestas demasiado. *(A los actores.)* Me gusta, me gusta... Siempre hay que obedecer al llamado del que todo lo puede. *(Pausa.)* Ahora, con la misma rapidez que han venido, lárguense. Y de paso llévense a éste. *(Los actores no se mueven.)*

EL CORO: *(Una voz después de otra, hasta diez.)* Carolus, Carolus, Carolus, Carolus, Carolus, Carolus, Carolus, Carolus, Carolus, Carolus.

ANGELITO: *(A Carlos.)* ¿Oyes? Te llaman por el nombre que tienes en tu lápida: «Hic jacet Carolus...» *(Pausa.)* Pulvis sunt el pulvis reverteris... *(Pausa.)* Vamos, Carlitos, vuelve al polvo. Tus amables colegas te acompañarán. *(Pausa. Gritando.)* ¡Fuera, fuera he dicho! Si no se van pronto, los voy a echar a patadas.

EL CORO: Carolus, Carolus, Carolus, Carolus, Carolus, [...]

ANGELITO: *(Mirando a lo alto.)* ¡A callar! *(Pausa.)* Yo, el que por esta boca *(se toca la boca)* puede pedir todo y algo más, exige la rápida desaparición de los espectros. Yo, yo exijo, yo ordeno, yo mando, yo pongo, yo quito, yo hago, yo deshago, yo viro, yo torno, yo afirmo, yo niego, yo encumbro, yo humillo, yo mato. *(Mira en torno a sí.)* Yo mato, ¿lo oyen?, yo mato. Disuélvanse, de lo contrario no dejaré títere con cabeza...

EL CORO: ¡Carolus, Carolus!

ANGELITO: ¡Al carajo Carolus! Yo y sólo yo, yo y siempre yo, yo, yo por los siglos de los siglos.

EL CORO: ¡Camisa, Camisa, Camisa, Camisa!

ANGELITO: *(Se para, mira a lo alto.)* ¿Camisa? ¿Camisa han dicho?

EL CORO: ¡Camisa, Camisa, Camisa, Camisa!

ANGELITO: No hay duda: «camisa» han dicho. ¿«Camisa» ahora? Antes dijeron «pantalón». *(Pausa.)* ¡Colosal! *(Se frota las manos.)* Pues si antes pantalón dijeron y pantalón me puse, ahora si dicen camisa, camisa me pondré.

EL CORO: ¡Camisa, Camisa!

ANGELITO: ¿Camisa? ¿Camisa para Angelito? Pues entonces camisa, la que sea, donde sea y como sea... Aunque sea camisa de fuerza. *(Ríe.)* ¡Camisa, aprisa, camisa, camisa, aprisa, aprisa camisa! *(No bien las voces han dicho «Camisa», los actores han empezado a quitarse las camisas, atándolas, unas con las otras, por las mangas, y cuando Angelito dice el último bocadillo se las echan sobre la espalda a manera de mortaja, al mismo tiempo que le quitan la que tiene puesta.)*

ANGELITO: *(Hinchando el pecho y engolando la voz.)* Camisa me predijeron y camisa ya tengo. *(Pausa.)* Y como camisa tengo, el poder tengo, todo el poder y algo más que el poder. *(Pausa.)* Para que no se llamen a engaño, les hablaré a mis súbditos. *(Camina hasta quedar parado sobre el extremo de la alfombra.)* El que todo lo puede y algo más que todo pedir puede, les dice: Yo soy Angelito Rex.

EL CORO: ¡Carolus Rex, Carolus Rex!

ANGELITO: Bien hablado: Angelito Rey de los vivos y Carolus rey de los muertos.

EL CORO: ¡Carolus Rex!

ANGELITO: *(Dando la espalda al público.)* ¿Rey de qué reino, del de los vivos o del de los muertos?

EL CORO: ¡Carolus Rex! *(Gritan ahora en ritmo sincopado.)* ¡Rex-Rex-Rex-Rex-Rex-Rex-Rex-Rex!

ANGELITO: *(Golpeándose el pecho con una y otra mano.)* ¡Yo Rex, Yo Rex, Yo Rex, Yo Rex!

EL CORO: ¡Carolus Rex! ¡Rex-Rex-Rex-Rex-Rex-Rex!
(Berta, que no ha dejado de debatirse en convulsiones, y siempre con sus brazos cogidos por Carlos, lanza un alarido. Inmediatamente, los actores se agolpan en torno suyo. Dos de ellos la levantan hasta ponerla de pie, sosteniéndola por los sobacos. Los ocho restantes se dividen en dos grupos de cuatro y se sitúan en hileras frente a Berta. Berta empieza a pujar, después abre las piernas y aparece la cabeza de Carlos entre las mismas.)

EL CORO: ¡Rex-Rex-Rex-Rex-Rex-Rex!
(Ahora Berta se debate, como una loca, entre los brazos de los dos actores que la sostienen; al mismo tiempo sus pujos se hacen más frecuentes. Los ocho actores restantes dicen, como en una letanía y al unísono: «¡Puja!» Berta sigue pujando y abre más las piernas. Carlos saca, por entre las piernas de Berta, los brazos. Las voces de los actores se van haciendo ensordecedoras. Berta continúa pujando y debatiéndose en un total paroxismo. Finalmente Carlos sale por completo entre las piernas de Berta. Esta cesa de debatirse y de pujar. Los dos actores que la sostienen así como los ocho restantes se colocan detrás de Carlos, que ahora avanza, con los brazos extendidos, hacia Angelito.)

ANGELITO: *(Se vuelve hacia el público.)* Angelito Rex.
(En ese momento llega Carlos junto a él, siempre seguido por los

actores, coge las patas del pantalón que Angelito lleva anudado al cuello y va apretando hasta ahorcar a Angelito, que saca la lengua y va cayendo lentamente sobre sus rodillas. Carlos queda en su sitio. Los actores se apresuran a cubrir con el manto de camisas negras el cuerpo de Angelito. Berta coge la camisa roja que está sobre la alfombra y se la da a Carlos, que ya se ha quitado la negra que tenía puesta. Carlos va hacia el proscenio y agita ante el público la camisa roja. La escena se ilumina en su totalidad. Los actores y Berta gritan: «¡Carolus Rex!» A ellos se unen las voces en antífona: «¡Rex-Rex-Rex-Rex!»)
(Apagón. Cuando éste se produzca, continuará el Coro diciendo «Rex» hasta que la sala se encienda.)

FIN

IV. BIBLIOGRAFIA HASTA 1986

A. PRINCIPALES OBRAS DE CREACION DE VIRGILIO PIÑERA

Las furias. La Habana, 1941.

La isla en peso. La Habana, 1943.

Poesía y prosa. La Habana, 1944.

La carne de René. Buenos Aires: Ediciones Siglo Veinte, 1953.

Cuentos fríos. Buenos Aires: Editorial Losada, S. A., 1956.

Teatro completo. La Habana: Ediciones Erre, 1960.

Pequeñas maniobras. La Habana: Ediciones Erre, 1963.

Cuentos. La Habana: UNEAC, 1964.

Presiones y diamantes. La Habana: UNEAC, 1967.

Dos viejos pánicos. La Habana: Casa de las Américas, 1968.

Dos viejos pánicos. Buenos Aires: Centro Editor de América Latina, 1968.

La vida entera. La Habana: UNEAC, 1969.

«Estudio en blanco y negro». En *Teatro breve hispanoamericano contemporáneo.* Madrid: Aguilar, 1970.

El que vino a salvarme. Buenos Aires: Editorial Sudamericana, 1970.
La isla en peso. Mariel, Año I, No. 2, 1983, págs. 16-19.

Cuentos. Madrid: Ediciones Alfaguara, 1983.
La carne de René. Madrid: Ediciones Alfaguara, 1985.

B. PUBLICACIONES SOBRE VIRGILIO PIÑERA

ARENAS, Reinaldo. «La isla en peso con todas sus cucarachas.» *Mariel,* Año I, No. 2, 1983, págs. 20-24.

BIANCO, José. «Prólogo. Piñera, narrador.» *El que vino a salvarme.* Buenos Aires: Editorial Sudamericana, 1970, págs. 7-19.

CABRERA INFANTE, Guillermo. «Vidas para leerlas.» *Vuelta,* No. 41 (abril, 1980): 4-16.

CASEY, Calvert. «Una segunda mirada de *Aire frío.*» *Gaceta de Cuba,* No. 16 (1963): 14.

«*Dos viejos pánicos* en Colombia.» *Conjunto,* No. 7 (sin fecha): 69-71.

FERNÁNDEZ RETAMAR, Roberto. «Virgilio Piñera». En *La poesía contemporánea en Cuba* (1927-1953). La Habana: Orígenes, 1954, págs. 99-101.

FLYNN, Susan Kingston. «The Alienated Hero in Contemporary Spanish American Drama». *Dissertation Abstracts International* 38 (1977), 299 A. Piñera entre otros.

FORNET, Ambrosio. «Anatomía de una cucaracha [*Pequeñas maniobras*]». En *En tres y dos*. La Habana: Ediciones Revolución, 1964. págs. 73-78.

FOSTER, David William. Bibliografía. En *Cuban Literature: A Research Guide*. New York: Garland, 1985, págs. 426-427.

GILDEN, Read G. «Virgilio Piñera and the Short Story of the Absurd». *Hispania*, No. 63 (1980): 348-355.

GONZÁLEZ-CRUZ, Luis F. «Virgilio Piñera y el teatro del absurdo en Cuba.» *Mester* 5, No. 1 (noviembre, 1974): 52-58.

—. «Arte y situación de Virgilio Piñera.» *Caribe* 2, No. 2 (Otoño de 1977): 77-86.

—. «Virgilio Piñera.» En el *Dictionary of Contemporary Cuban Literature*. Westport, CT: Greenwood Press, 1986.

KOCH, Dolores M. «Virgilio Piñera, cuentista». *Linden Lane Magazine* 1, No. 4 (octubre-diciembre, 1982): 14-15.

LEAL, Rine. «Dos farsas cubanas del absurdo». *Ciclón* 3, No. 2 (1957): 65-67. (Virgilio Piñera, *Falsa alarma*, y Antón Arrufat, *El caso se investiga*.)

—. «Virgilio Piñera o el teatro como ejercicio mental.» *Gaceta de Cuba*, No. 34 (1964): 2-3.

LLOPIS, Rogelio. «*Pequeñas maniobras*.» *Casa de las Américas*, No. 24 (1964): 106-107.

López, César. «El aire en el remolino [*Aire frío*]». *Gaceta de Cuba,* No. 58 (1967): 11, 15.

—. «Chiclets, canasta, presiones y diamantes». *Unión* 6, No. 3 (1967): 131-134.

López Ramírez, Tomás. «Virgilio Piñera y el compromiso del absurdo». *Areíto* 9, No. 34 (1983): 38-40.

McLees, Ainslee Armstrong. «Elements of Sartrian Philosophy in *Electra Garrigó*». *Latin American Theater Review* 7, No. 1 (1973): 5-11.

Malaret, Niso. «*Cuentos fríos*». *Ciclón* 3, No. 1 (1957): 62-65.

Martin, Eleanor Jean. «*Dos viejos pánicos*: A Political Interpretation of the Cuban Theater of the Absurd». *Revista/Review Interamericana,* No. 9 (1979): 50-56.

Matas, Julio. «Infiernos fríos de Virgilio Piñera.» *Linden Lane Magazine* 4, No. 2 (abril-junio, 1985): 22-25.

Méndez y Soto, E. «Piñera y el tema del absurdo». *Cuadernos hispanoamericanos,* No. 299 (1975): 448-453.

Montes Huidobro, Matías. «Virgilio Piñera: un proceso de anulación verbal.» En *Texto y contexto en la literatura iberoamericana. Memoria del XIX Congreso.* Pittsburgh: Instituto Internacional de Literatura Iberoamericana, 1980, págs. 265-274.

—. Estudio de la obra dramática de Virgilio Piñera en *Persona, vida y máscara en el teatro cubano.* Miami: Ediciones Universal, 1973.

Morello-Frosch, Marta. «La anatomía: mundo fantástico de Virgilio Piñera». *Hispamérica,* Nos. 23-24 (1979): 19-34.

Moro, Lilliam. «Los cuentos de Virgilio». *Unión* 4, No. 1 (1965): 148-152.

Narváez, Carlos R. «Lo fantástico en cuatro relatos de Virgilio Piñera». *Románica,* No. 13 (1976): 77-86.

Novoa, Mario E. «Virgilio Piñera: premio al pánico.» *Exilio,* Años 4-5, Nos. 4-1 (Invierno-primavera, 1971): 127-141.

Ortega, Julio. «El que vino a salvarme, de Virgilio Piñera». En *Relato de la utopía.* Barcelona: La Gaya Ciencia, 1973, páginas 99-113.

Padilla, Heberto. «Virgilio Piñera, el invisible.» *Linden Lane Magazine* 1, No. 4 (octubre-diciembre, 1982): 16-18.

Rodríguez Feo, José. «Una alegoría de la carne [*Pequeñas maniobras*]». En *Notas críticas (Primera serie).* La Habana: Unión, 1962, págs. 165-167.

—. «Hablando de Piñera». En *Notas críticas (Primera serie).* La Habana: Unión, 1962, págs. 41-62.

—. «En los infiernos [*Electra Garrigó*]». En *Crítica sucesiva.* La Habana: UNEAC, 1971, págs. 411-421.

Vitier, Cintio. «Virgilio Piñera: poesía y prosa». *Orígenes,* No. 5 (1945): 47-50.

Zalacaín, Daniel. «*Falsa alarma*: vanguardia del absurdo.» *Romance Notes,* No. 21 (1980): 28-32.

INDICE

Cierto destino poético reúne en este volumen los nombres de Virgilio Piñera y Luis F. González-Cruz. Piñera, el más importante dramaturgo cubano en lo que va de siglo, nació en Cárdenas, Cuba, en 1912. González-Cruz, estudioso de la obra de Piñera desde hace más de quince años, aunque mucho más joven, nació también en la ciudad de Cárdenas. En UNA CAJA DE ZAPATOS VACIA, pieza en dos actos, el juego de la crueldad y el terror al absurdo en una sociedad tiranizada por «el más fuerte», llevan, en *crescendo* a la enajenación individual (o colectiva) y al inevitable *cambio.* González-Cruz no sólo ilumina aquí con sus comentarios esta obra dramática de Piñera inédita hasta hoy, sino que paso a paso, como nunca hasta ahora se había hecho, nos da una trayectoria biográfica e intelectual del escritor cubano. Una bibliografía de obras de Piñera y sobre Piñera completan la presente edición.

Luis F. González-Cruz (Cárdenas, Cuba) realizó estudios de medicina en Cuba y en los Estados Unidos. En 1970 recibió el título de Doctor en Filosofía en la Universidad de Pittsburgh. Actualmente es Profesor Titular en The Pennsylvania State University at New Kensington. Ha recibido premios por sus cuentos y poemas (Concurso *Mairena, Revista Chicano-Riqueña,* y otros). Fundó en 1977 la revista de literatura *Consenso* y *Publicaciones Consenso.* Desde 1971 ha pertenecido al consejo editorial de varias revistas literarias. Su extensa labor crítica le ha valido reconocimientos especiales de The Pennsylvania State University, The American Council of Learned Societies, etcétera. Ha escrito extensamente sobre Virgilio Piñera y ha publicado más de sesenta artículos de crítica literaria y reseñas. Sus cuentos y poemas se han recogido en diversas antologías. Es autor de los libros *Pablo Neruda y el «Memorial de Isla Negra». Integración de la visión poética* (crítica literaria), *Pablo Neruda, César Vallejo y Federico García Lorca. Microcosmos poéticos* (crítica literaria), *Neruda. De «Tentativa» a la totalidad* (crítica literaria), *Traición del método. El universo creador de Eugenio d'Ors* (crítica literaria), *Tirando al blanco / Shooting Gallery* (poemas), *Disgregaciones* (poemas) y *«Ofertorio a Miniño» y otros cuentos* (relatos, en vías de publicación).

www.ingramcontent.com/pod-product-compliance
Lightning Source LLC
Chambersburg PA
CBHW030214130726
47898CB00012B/1028

* 9 7 8 0 8 9 7 2 9 3 9 0 7 *